LE
PASTOR-FIDO.

Du Guarini

PASTORALE

HEROIQUE.

EN TROIS ACTES;

Précedez d'un Prologue.

Par M. le Chevalier DE PELLEGRIN.

Le prix eſt de vingt-cinq ſols.

A PARIS,

Chez NOEL PISSOT, Quay de Conty,
à la deſcente du Pont-neuf, au coin
de la ruë de Nevers.

MDCCXXVI.

Avec Approbation & Privilege du Roy.

PREFACE.

QUOIQUE la premiere repréſentation de cette Paſtorale ait été des plus tumultueuſes, les traits qui ſont répandus dans l'ouvrage n'ont pas laiſſé de ſe faire ſentir. Les ris ont été ſuivis d'applaudiſſemens coup ſur coup, & les Spectateurs ſont ſortis aſſez contents de l'Auteur.

On a été encore plus ſatisfait du tout enſemble dans les repréſentations ſuivantes, le jeu s'eſt perfectionné à meſure que la memoire s'eſt fortifiée, & la plûpart de ceux qui ont attaqué la Piece, ſe ſont retranchez ſur le vice du fond.

Je pourrois répondre à cela que j'ai pris ce fond tel que je l'ai trouvé ; mais comme cela ne me juſtifieroit pas, & qu'on me blâmeroit, du moins d'avoir fait un mauvais choix, ſi le fond étoit abſolument défectueux, je me trouve dans une obligation indiſpenſable d'en faire l'apologie.

Si le fond du PASTOR FIDO, tel que je l'ai pris dans ſa ſource, eſt mauvais, j'avoüe de bonne foi qu'il m'a fait illuſion. Il s'eſt d'abord offert à mes yeux, revêtu de tous les

á

PREFACE.

avantages qui peuvent concourir à faire un
excellent fujet, je ne dis pas de Paftorale,
mais de Tragedie ; en effet, quoi de plus in-
tereffant? quoi de plus capable d'infpirer la terreur & la pitié ? voici en peu de mots dequoi il
s'agit.

Une Divinité offenfée en la perfonne d'un
Miniftre de fes Autels, promet de s'appaifer
par l'hymen d'un Berger fidele, forti du fang
des Dieux, avec une Nymphe d'une race immortelle. Ce Berger & cette Nymphe fe trouvent uniquement dans deux perfonnes, qui
font Sylvio & Amaryllis On les oblige à fe
donner la foy dès leur plus tendre enfance ; &
fur ce premier engagement on fonde de juftes
efperances pour un heureux avenir, & pour
le falut de tout un peuple.

Mais à mefure que les deux Fiancez croif-
fent en âge, leur antipathie reciproque fe de-
veloppe ; ils paroiffent fi éloignez de remplir
l'Oracle, qu'on n'efpere plus rien. Sylvio
n'aime que les forêts, & Amaryllis eft pré-
venuë d'une grande paffion pour un Berger
qu'elle a vû en Elide dans un voyage qu'elle
y a fait.

La vertu de cette Nymphe répondroit de
l'hymen qui doit appaifer Diane, s'il ne falloit que de l'obéiffance ; mais l'Oracle exige
de l'amour, & l'amour ne fe commande pas.
Amaryllis, toute vertueufe & toute innocente

PREFACE.

qu'elle est veritablement, est soupçonnée d'infidelité. Le crime est capital, elle doit être sacrifiée conformément à la loy.

Cette même loy lui fait grace, si quelque Amant veut être immolé pour elle. Myrtil est cet Amant qui doit la sauver, toute infidelle qu'il la croit. L'Autel est dressé, le bras du Grand-Prêtre levé ; Myrtil arrête le coup mortel prêt à tomber sur une tête si chere.

Les deux Amans se disputent la gloire du sacrifice. La loy se declare pour Myrtil. C'est à lui de mourir pour ce qu'il aime.

Le Pere de Myrtil vient au secours de son Fils, comme Myrtil est venu au secours d'Amaryllis. Ce Pere, cru tel, qu'on appelle Philemon, declare enfin que ce Fils prétendu est un dépôt précieux que les Dieux lui ont commis. Au nom de dépôt commis par les Dieux, le Grand-Prêtre interroge Philemon ; il apprend, à n'en point douter, que Myrtil est son fils. Cependant Diane lui demande encore une victime, il ne sçait où la trouver ; mais la Déesse y a déja pourvû.

Une Rivale d'Amaryllis se présente, elle vient d'être frappée d'un trait mortel qu'elle attribue à Diane même. Elle justifie Amaryllis, & meurt sur le même Autel, où Myrtil doit être sacrifié. Par cette mort tous les Oracles sont remplis, & l'hymen de deux Amans, sortis du sang des Dieux, appaise la colere de Diane.

PREFACE.

Si ce n'eſt pas là un beau ſuïet de Tragedie, j'avoüe que j'ai terriblement été ſéduit
par l'apparence, & je crois que bien d'autres
le ſeroient autant que je l'ai été ; examinons
un peu ce qu'on trouve de vicieux dans un
fond ſi frappant.

Diane, dit-on, eſt trop cruelle de punir
tout un peuple du crime d'une ſeule Nymphe : mais cette extrême ſeverité des Dieux
eſt-elle ſans exemple ſur la ſcene ?

Il ſemble, ajoute-t'on, qu'elle doive être
déſarmée par le repentir de Lucrine, qui s'immole elle-même, pour s'unir, du moins par
ſon trépas, à ce même Amynthas qui vient
de ſe ſacrifier pour elle : mais cette mort d'A-
mynthas ex ite Diane à une ſeconde vengeance. Elle perd un Miniſtre fidele que le dé-
ſeſpoir à reduit à faire rougir d'un ſang inno-
cent un Autel, ſur lequel il ne devoit répandre qu'un ſang criminel : l'infidelité de la victime eſt expiée, mais la fidelité du Sacrificateur eſt mal recompenſée.

D'ailleurs on peut dire, à la décharge de
Diane, qu'elle n'a plus qu'un reſte de colere.
Ce n'eſt plus ni par une peſte qui tombe in-
différemment ſur les coupables & ſur les in-
nocens, ni par des inondations qui n'épar-
gnent pas la famille de ſon Grand-Prêtre même, que cette Déeſſe ſignale ſa vengeance.

Une victime annuelle luy ſuffit, & il y a

apparence qu'elle fait tomber le fort fur les Bergeres infidelles, pour exciter les autres à garder leur foy. La fituation de l'Arcadie eft telle quand l'action théatrale commence, & je ne croi pas que fur ce pied-là, le fujet foit fi condamnable.

Je fçai que le merveilleux n'eft admis qu'à l'Opera: ma's pourquoi veut-on l'exclure abfolument des autres Théatres? eft-ce pour réduire les Auteurs à un moindre nombre de fujets, & pour les renfermer dans un petit cercle, d'où ils ne puiffent fortir fans infraction aux regles?

Mais nos plus grands Maîtres n'ont-ils pas fecoué ce joug? Andromede, Pfyché, la Toifon d'or, Amphitrion ne font-ils pas de ce genre, que certains Critiques ne veulent pas nous paffer? Voilà les deux Corneilles & Moliere qui m'authorifent; Racine même n'a pû fe difpenfer de donner du merveilleux dans Iphigenie & dans Phedre; il en a d'autant moins fait fcrupule qu'il étoit fondé fur l'exemple des anciens.

Mais quel merveilleux trouve-t'on dans le Paftor Fido? tout fe réduit à la colere de Diane, encore cette Déeffe ne paroît-elle point. Elle fe contente de prononcer des oracles dans fon Temple. Son apparition à Montan, fon grand Sacrificateur, eft toute de mon invention; &, s'il faut juftifier cette

PREFACE.

hardieſſe de ma part, je dirai que je n'ay ſup‐
poſé ce merveilleux que pour ôter à Amaryl‐
lis tout moyen de prouver ſon innocence.
Le Grand‐Prêtre le croyant ſuffiſamment inſ‐
truit par ce que Diane vient de luy annoncer,
& par ce qu'il voit de ſes propres yeux, ne
daigne pas ſeulement écouter ſa victime.

Quoique cette derniere ſeverité convienne
au caractere que je luy ay donné dès le com‐
mencement de la Piece, j'ay crû qu'il falloit
l'adoucir dans une occaſion où il s'agiſſoit de
répandre un ſang ſi précieux à l'Arcadie ; ainſi
Montan, pour n'avoir rien à ſe reprocher,
interroge encore Diane avant que de ſacrifier
Amaryllis, & la Déeſſe prononce un dernier
oracle qui ſemble confirmer tout ce qu'elle a
dit dans ſon apparition. Elle promet un repos
éternel aux Arcadiens : elle dit à ſon Grand‐
Prêtre que ce jour a vû le dernier crime du
peuple qu'elle a mis ſous ſes loix, & que ce
même jour verra la derniere victime qui doit
s'offrir à ſon Autel. Voilà comme j'ay tâché
de rectifier ce qui reſulte de l'apparition, en
fondant le ſacrifice d'Amaryllis ſur quelque
choſe de plus réel.

Les partiſans outrez du Guarini, trouve‐
ront ſans doute très‐mauvais, que j'aye re‐
tranché du nouveau Paſtor Fido ce qu'ils
admirent ; ou plutôt qu'ils idolâtrent dans
l'ancien. J'ai prévenu l'objection dans mon

PREFACE.

Prologue, en faisant dire à Melpomene :

Je conserve le fond, c'est l'honorer assez :
Pour tous ces incidents du ressort de Thalie,
Et qui chez moy sont déplacez,
Je les renvoye à l'Italie.

J'ay trouvé ce fond trop tragique pour y associer ce bas comique qui regne dans tout l'original Italien. Nôtre Théatre est trop sage pour souffrir des alliances si bizarres. J'ay porté la severité plus loin ; j'ay rejetté l'Episode de Dorinde blessée par Sylvio, parce qu'il m'a paru faire duplicité d'action, & diversion à l'interêt principal. J'en avois fait l'experience dans quelques lectures que j'avois faites de cette Piece, que j'avois d'abord mise en cinq Actes. Sylvio devenu amoureux d'une tendre Amante, qu'il avoit eu le malheur de percer d'un trait mortel, ayoit si fort interessé mes Auditeurs par la triste situation où il se trouvoit d'aimer celle qu'il venoit de blesser si cruellement, qu'ils en avoient presque oublié le peril d'Amaryllis & de Myrtil, sur qui la pitié devoit se réunir toute entiere. On me conseilla de retrancher ce personnage de Dorinde, & la matiere qui me restoit ne me paroissant pas suffisante pour remplir cinq Actes, je réduisis ma Pastorale à trois.

A v

PREFACE.

Je m'apperçus, après cette réduction, que Sylvio, sans Dorinde, devenoit un très-froid personnage. Je le supprimay, & je me contentay de faire parler de luy, sans le mettre sous les yeux des Spectateurs, qui n'aiment guéres à voir des indifferents sur la Scene tragique.

Au reste, quoique mon second Acte ait été le plus generalement applaudi, il n'a pas été le moins attaqué. Le coup sur coup des incidens n'a pas paru vraisemblable. Il faut, a-t'on dit, que Corisque ait deviné que tous les Acteurs dont elle a besoin, pour le succès de son entreprise, y concourront avec elle.

Je réponds à cela que cette Corisque ne se propose d'abord que de broüiller Myrtil avec Amaryllis, dans l'esperance que la jalousie de ce Berger pourra faire tourner son cœur de son côté. Voicy comment elle s'exprime, après avoir fait entrer successivement Ergaste & Amaryllis dans l'antre sacré d'Ericine, que j'ay appellé Temple, pour ôter tout prétexte aux mauvaises plaisanteries.

Rendons Myrtil jaloux. Je le voy qui s'avance :
Amour, puisse un dépit heureux
Faire tourner son cœur du côté de mes feux ;
Daigne remplir mon esperance.
Je n'ay que trop long-temps éprouvé ta rigueur ;
Garde-toy de forcer mon cœur
A porter plus loin sa vengeance.

On voit par ces vers que son entreprise est assez simple, & qu'elle ne se propose que de profiter de la discorde qu'elle veut semer entre l'objet qu'elle aime & sa Rivale.

Que peut-on trouver dans ce projet qui ne soit vrai-semblable ? Corisque a pris soin de rassembler dans un même lieu toutes les personnes dont elle a besoin, pour le succès d'un artifice que l'Amour vient de luy inspirer, ou plutôt elle les trouve toutes sous sa main, avant même qu'elle se soit rien proposé.

Myrtil dans le premier Acte a prié Ergaste de luy ménager une entrevûë avec Amaryllis, par le moyen de Corisque. Ergaste qui se croit aimé de cette Rivale secrette d'Amaryllis, la porte dans l'entre-Acte à rendre ce bon office à son Ami ; par cette précaution les trois personnes necessaires au stratagême que Corisque imagine dans le second Acte ; se trouvent rassemblées auprès du Temple d'Ericine, dès le commencement de cet Acte.

Ergaste, en attendant Myrtil & Amaryllis, prie Corisque de venir recevoir sa foy dans le Temple en question. Cette demande, fondée sur l'impossibilité de parvenir à un mariage plus regulier, fait naître dans l'esprit de Corisque le dessein de s'en prévaloir. Elle feint de consentir à ce qu'Ergaste luy propose. Elle luy dit de l'aller attendre dans le

Temple; elle luy promet de l'y aller trouver, dès qu'elle aura satisfait à ses premiers engagemens, qui sont de procurer à Myrtil une entrevuë avec Amaryllis.

Ergaste entre dans le Temple. Myrtil vient; Corisque commence à luy donner quelques legers soupçons au sujet d'Amaryllis. Cette Nymphe vient à son tour, les deux Amans se parlent; Corisque se retire, sans perdre de vuë le dessein qu'elle a formé de les broüiller.

Rien n'est plus naturel que la maniere dont elle s'y prend. Elle a eû assez de temps pour y rêver, pendant que Myrtil parloit à Amaryllis.

Corisque revient après que Myrtil s'est retiré. Elle fait accroire à sa Rivale que ce Sylvio, qu'on croit si insensible, aime la Bergere Eglé. Elle ajoûte que ces deux Amans viennent de luy declarer leurs ardeurs mutuelles. Elle fortifie ce mensonge d'une circonstance qui luy donne un air de verité: c'est la cruelle necessité où Sylvio se voit réduit d'en épouser une autre dans ce jour même. Qui ne donneroit pas dans un piege si bien tendu?

Sylvio doit épouser secretement Eglé dans le Temple d'Ericine, Corisque doit être presente à cet hymen. Amaryllis y prend trop d'intérêt pour ne se mettre pas de la partie. La Loy la dégage de sa foy, si celuy à qui elle est destinée est convaincu d'avoir été le premier infidele. Corisque n'a pas besoin d'employer beaucoup d'éloquence pour l'obliger à s'aller cacher dans le Temple : peut - on l'inviter à un spectacle plus doux ?

Voilà donc Ergaste & Amaryllis dans le Temple d'Ericine, à l'insçu l'un de l'autre. Corisque a ordonné à Ergaste de s'y tenir caché pour l'interêt de sa gloire ; &, quoy qu'il puisse arriver, de ne se montrer qu'à elle.

Il ne reste plus qu'à y faire entrer Myrtil : rien n'est plus facile à Corisque ; elle a déja jetté de premieres semences de jalousie dans son cœur ; elle luy porte le dernier coup ; elle luy dit que ce n'étoit pas sans cause qu'il étoit jaloux, & qu'elle vient d'apprendre qu'Amaryllis brûle pour Ergaste. Myrtil ne voulant pas le croire, elle ajoûte qu'il peut s'en convaincre par ses propres yeux, & que ces deux Amants sont actuellement dans le Temple d'Ericine, où ils se jurent une foy éternelle. Myrtil ne peut plus douter de son malheur ; il court au Temple, pour reprocher à Amaryllis son infidelité, & pour punir Ergaste de sa trahison.

Quelque Critique pourra m'arrêter icy,

PREFACE.

Cet artifice, me dira-t'il, est très-grossier; ou du moins il est si mal fondé, que Myrtil & Amaryllis peuvent le renverser d'un seul mot d'éclaircissement. Je conviens que rien n'est plus facile que la justification d'Amaryllis; & j'ay si bien prévû l'objection, que je suis allé au devant, en faisant que Corisque empêche, autant qu'elle peut, Myrtil d'entrer dans le Temple. Cette fin de Dialogue a dû le faire connoître.

MYRTIL.

Ciel! qu'entens-je? Courons.

CORISQUE.

Qu'allez-vous entreprendre?

MYRTIL.

Non, je n'écoute plus ni respect, ni raison.

CORISQUE.

Ciel!

MYRTIL.

Avec son Amant je prétens la surprendre,
Luy reprocher sa trahison,
Et, dans la fureur qui me guide,
Me venger d'un Ami perfide.

On voit par là que Corisque fait tout ce qui dépend d'elle, pour empêcher Myrtil d'entrer dans le Temple d'Ericine, parce

qu'elle craint un éclaircissement. Elle a pris
des précautions du côté d'Ergaste, en luy or-
donnant de ne se montrer qu'à elle, comme je l'ay déja dit ; mais elle n'a pû prendre
les mêmes seuretez du côté de Myrtil. On
peut même dire, pour l'excuser, qu'elle s'est
flatée que cet Amant respectueux, avant que
d'éclatter contre Amaryllis, auroit voulu
être plus seur que Corisque ne luy en im-
posoit pas. Le but qu'elle s'est vrai-semblab-
blement proposé, c'est de porter Myrtil à
se cacher dans quelque endroit d'où il pût
voir sortir Amaryllis avec Ergaste.

C'est ce que Corisque fait dans le Guarini, mais je n'ay pû l'imiter en cela. Le
Satyre qui enferme Myrtil avec Amaryllis
dans la caverne, ne pouvoit entrer dans ma
Piece sans y introduire ce bas Comique dont
nos Tragedies ne s'accommodent pas : Je dis
nos Tragedies ; car le Pastor-Fido en est une,
& j'ai été tenté de l'appeller *Pastorale tra-*
gique.

Mais, ajoûtera-t'on, quand même Myrtil
ne seroit pas entré dans le Temple, & qu'il
se seroit tenu tranquille pour en voir sortir
Amaryllis avec Ergaste, Corisque en auroit-
elle été plus avancée ? L'éclaircissement ne seroit il pas venu tôt ou tard ?

Je réponds à cette derniere objection, que
dans une passion aussi violente que celle de

PREFACE.

Corifque, on n'envifage que ce qu'on fou-
haite. Le plaifir de broüiller une Rivale
avec fon Amant paroît un bien fuprême,
ne dût-on en joüir qu'un feul inftant. D'ailleurs on aime à fe flatter ; & Corifque a pû
croire que Myrtil, convaincu par fes propres
yeux, ne demanderoit point d'éclairciffe-
ment, & qu'il en viendroit à ce qu'elle a déja
dit, & que je repete icy :

Amour, puiffe un dépit heureux,

Faire tourner fon cœur du côté de mes feux, &c.

Ce qui refte dans mon fecond Acte n'a be-
foin d'Apologie que par rapport au merveilleux de l'apparition.

Diane vient de découvrir à fon Miniftre,
qu'il fe commet un grand crime dans l'Antre facré d'Ericine ; le Grand-Prêtre s'y tranf-
porte fur le champ ; il voit le crime de fes
propres yeux ; il ne veut plus rien entendre ; il va ordonner le trépas d'Amaryllis.
Tout cela me paroît conforme à fon caractere.

Le party que prend Amaryllis, de laiffer
Myrtil dans l'erreur, eft de mon invention,
& n'a pas été un des moindres traits de ma
Piece.

Dans mon troifiéme Acte j'ay mis en action
ce que le Guarini n'a mis qu'en recit ; c'eft

Myrtil, voulant s'immoler pour Amaryllis,
toute perfide qu'il la croit.

Le dénoüement est d'aprés l'original. Il est
vray que dans l'ancien Pastor-Fido on met
dans un plus grand jour la situation de Montan, réduit à sacrifier son propre Fils ; mais
on la trouvera plus étenduë dans l'impression, qu'on ne l'a vûë dans la représenta-
tion.

ACTEURS
du Prologue.

VENUS.

MELPOMENE.

THALIE.

MOMUS.

La Scene èst aux Champs Elisées.

LE
PASTOR FIDO.

PASTORALE HEROIQUE.

PROLOGUE.

Le Théatre represente les Champs Elizées.

SCENE PREMIERE.

VENUS.

IMABLES Rives de la Seine,
Où tout reconnoissoit l'Empire de Ve-
nus,
ieux, autrefois si chers, qu'êtes-vous
devenus ?
Je vous reconhois avec peine.
Je vois naître, il est vrai, mille fleurs sous mes pas;
Vains honneurs dont je quitte Flore !
Helas ! pourquoi n'y vois-je pas
Mille Amours s'empresser d'éclore !
Que dis-je ? mille amours naissent dans tous les
cœurs,
Mais ils durent moins que les fleurs.

A

A de premiers attraits à peine on rend les armes ;
Qu'on ſe ſent entraîner par de nouveaux déſirs ;
    Amour, ſource des vrais plaiſirs,
    As-tu donc perdu tous tes charmes ?
Ah ! ſi de tes faveurs, les cœurs étoient contens
    On verroit bien moins d'inconſtants.
    On vient. Je vois Momus paroître,
    Cachons lui mes mortels ennuis ;
Je doute que ſes yeux, dans l'état où je ſuis,
    Puiſſent encor me reconnoître.

SCENE II.

VENUS, MOMUS.

Elle ſe cache avec ſon Eventail.

MOMUS.

Que vois-je ? Quel myſtere ! On prétend ſe
    cacher !
Dois-je employer icy l'Amour ou la Satire ?
    Ai-je quelque douceur à dire,
    Ou quelque trait à décocher ?
Approchons. Je la crois paſſablement jolie,
Je puis m'en amuſer, en attendant Thalie.
à Venus
    Avec de ſi charmans appas,
Vous perdez trop, la Belle, à ne vous montrer pas.
Ces yeux que j'entrevois ſont ſeurs de la victoire,
    Contre le plus indifferent !
Me ſeroit-il permis d'augmenter votre gloire ?
Pourquoi non ? entre nous, ce rendez-vous m'ap-
    prend,
    Que vous n'êtes pas des plus fieres.

VENUS à part.

Le petit fat ! depuis qu'on l'a banni des cieux,
 Singe des Amants de ces lieux,
 Il en a toutes les manieres.
Découvrons-nous. Ces traits te font-ils inconnus ?
Regarde.

MOMUS.

 Que d'attraits ! je reconnois Venus.
Mais, que cherchez-vous donc dans les Champs
 Elizées ?
 Tout y doit blesser vos regards :
C'est en vain que l'amour leve ses étendarts ;
 Arc détendu, fléches brisées,
Carquois vuide de traits, & flambeau presqu'éteint,
Il est dans un état, mais le plus déplorable...
 Il faut qu'il soit bien miserable,
 Puisque Momus même le plaint.

VENUS.

Il est vrai, mais dis-moi, si son Carquois est vuide,
 C'est qu'il lance beaucoup de traits.

MOMUS.

 Ce n'est pas là ce qui décide ;
 Ils ne portent presque jamais.

VENUS.

 Presque jamais ! La chose est un peu forte ;
De voir que de l'Amour presqu'aucun coup ne porte
 Sur des cœurs qui sont tout de feu.

MOMUS.

 Ses traits n'en ont pas plus beau jeu.
Il vaudroit mieux pour lui qu'ils fussent tous de
 glace :
Les François ont un feu si vif, si pétulant,
 Qu'ils ne sçauroient rester en place ;
 Il faut les tirer en volant.

VENUS.

Puisqu'aux traits de mon fils les cœurs sont si rebel-
les,
  Les Belles n'ont ici que de foibles appas,

MOMUS.

  Je ne vous conseillerois pas,
  D'aller faire assaut avec elles,
  Comme avec Pallas & Junon.

VENUS.

Qui pourroit mettre obstacle à mon triomphe ?

MOMUS.

        Bon !
L'Inconstance, vos yeux n'ont rien qui me rassûre ;
  N'allez pas tenter l'Avanture,
  Pour la gloire de votre nom.
D'abord quelque Adonis viendroit nous rendre
homage ;
  Mais seroit-il fidelle ? non.
Peut-être en moins d'un jour vous verriez le vo-
lage
  Vous quitter pour une guenon.

VENUS.

  Ah ! Momus, tu me désesperes ;
Quels - Amants ! mais dis - moy, les Belles à leur
tour
  Ont-elles des ames legeres ?

MOMUS.

C'est encor pis ; tenez. La France est un séjour.
Quel Champ ! du Laboureur il trompe l'esperance ;
  On y séme envain de l'Amour,
  Il n'y croît que de l'Inconstance.

VENUS.

Ah ! je ne puis souffrir ces divers changements.
Et toi, mon fils, & toi, de ces sortes d'A-
mans
  Se peut-il que tu t'accommodes !

MOMUS.

Esperez mieux pour l'avenir ?
La France tous les jours reprend les vieilles modes;
Celle d'être constant peut encor revenir.

VENUS.

Je veux voir, dès ce jour, ma gloire rétablie

MOMUS.

Dès ce jour ! c'est trop vous flater.

VENUS.

Tai-toi, je vois venir Thalie,
C'est elle, sur ce point, que je veux consulter.

SCENE III.

VENUS, THALIE, MOMUS.

THALIE.

Venus avec Momus ! le joli tête à tête !
Quoi ! Déesse, m'enviez-vous
L'honneur d'une telle Conquête ?
Apprenez que Momus est presque mon Epoux.

VENUS.

Sur Venus ne prends nul ombrage ;
Va, ne crains rien.

MOMUS.

Quel fier dédain !
Mais, Déesse, avez-vous un plus heureux partage ?
Je crois que pour Epoux, Momus vaut bien
Vulcain.

VENUS.

Je l'abandonne à ta Censure ;
Et je dois m'occuper de soins plus importans.
Il s'agit de venger l'injure
Que me font les cœurs inconstans.

A iij

THALIE.

Du foin de vous venger, fiez-vous à Thalie ;
C'eft moi qui corrige les mœurs ;
Je veux, à leur devoir, ramener tous les cœurs.

MOMUS.

C'eft bien dit, même foin, même interêt nous lie,
Par moi, comme par toi, le vice eft combattu ;
Mais, dis-moy, mon enfant, comment t'y pren-
dras-tu ?

THALIE.

Moi ! rien n'eft plus facile à faire ;
Meffieurs les Inconftants, vous payerez pour tous,
Je m'en vais lâcher contre vous
Une piece de Caractere.

MOMUS.

De Caractere ! Eh fy, perfonne n'y viendra.

VENUS.

Perfonne !

THALIE.

Il eft trop vrai, je l'avoüe à ma honte,
Du beau, du vrai, du fimple, on ne tient plus
de compte,
J'aurai fait de mon mieux, & ma piece ennuira,
Melpomene ma fœur, en ces lieux me furmonte ;
Mais c'eft elle que j'apperçoi.

SCENE IV.

VENUS, MELPOMENE, THALIE, MOMUS.

Melpomene eft au fond du Theatre, rêvant
& gefticulant.

THALIE.

Elle va mettre au jour quelque piece nouvelle
Qu'on applaudira fur fa foi ;

Tant on est prévenu pour elle;
Voyez ; même en rêvant, qu'elle est peu natu-
   relle !
Cependant elle plaît, sans qu'on sçache pour-
   quoi.
Quels gestes ! quels regards ! quel air de com-
   plaisance !
   Elle s'ennivre par avance
Du plaisir qu'elle aura de triompher de moi :

MELPOMENE, *sans appercevoir Venus.*

Toy, que l'amour engage à t'immoler pour elle,
   Tu peux dans tes derniers momens,
   Joüir de ta gloire immortelle;
   Myrtil, des plus parfaits amants,
   Tu vas devenir le modelle.

Appercevant Venus.
   Ciel ! quel objet frappe mes yeux !
C'est la mere d'Amour que je vois en ces lieux !
A Venus.
Déesse, pardonnez ma douce rêverie,
   Jusqu'à vous a conduit mes pas;
Tous mes sens suspendus . . .

   VENUS.
      Tu m'as trop attendrie;
   Pour ne te le pardonner pas;
Mais, quel est ce Myrtil ?

   MELPOMENE.

   C'est un Berger fidelle,
Qui, pour l'objet de son amour,
Est prêt à renoncer au jour.
   D'une infidelité cruelle ;
En vain, de son Amante, il soupçonne le cœur,
   Il n'en montre pas moins d'ardeur
   A se sacrifier pour elle.

   A iiij

VENUS.

O prodige ! ô constance ! ô foy !
O spectacle digne de moy !
Aux Amans d'aujourd'hui, qu'il serve de modele.

MELPOMENE.

Déesse, attendez tout de l'ardeur de mon zele,
Je vai tout préparer pour remplir mon devoir.

VENUS.

Ah ! que dans le fond de mon ame
Tu fais renaître un doux espoir !
J'en crois le zele qui t'enflame.
Pour favoriser tes projets ;
Il faut qu'auprès de moi je rassemble mes Graces,
Et je cours à ta piece, amener sur mes traces,
Ce qui me reste icy de fidelles sujets.

SCENE V.

MELPOMENE, THALIE, MOMUS.

MOMUS.

L'Assemblée, en ce cas, ne sera pas nombreuse.

MELPOMENE.

Plus nombreuse que tu ne crois.
Momus, avec regret, tous les jours tu le vois ;
Je ne suis pas si malheureuse.

MOMUS.

C'est ce que je ne comprends pas,
Qu'avec tant de plaisir, chacun suive les pas
D'une Muse toûjours pleureuse.

MELPOMENE.

Mes pleurs sont plus doux que tes ris.

THALIE.

Vous allez remporter le prix,
Trop ambitieuse rivalle;
Mais que préparez vous ?

MELPOMENE.

Rien, qu'une Paſtoralle;

THALIE.

Une Paſtorale ! ah ! ma ſœur,
Juſqu'à la Bergerie, eſt-ce à vous de deſcendre ?
Un Myrril pour Heros !

MELPOMENE.

Ce Myrril eſt ſi tendre,
Qu'il m'a d'abord gagné le cœur.

MOMUS.

Mais ne craignez-vous pas quelque trait de ſatyre?
Vous allez apprêter à rire.

MELPOMENE.

A pleurer.

THALIE.

Croyez-en un reſte d'amitié;
Ne vous embarquez pas dans ce genre d'écrire;

MELPOMENE.

Le genre n'y fait rien, pourvû que l'on inſpire,
Et la terreur & la pitié.

MOMUS.

Pour la pitié d'acord.

THALIE.

Pour moi, je vous admire;
Mais, parlez, d'un ſi beau projet,
Pourroit-on ſçavoir le ſujet.

MELPOMENE.

Le Paſtor Fido.

THALIE.

Je reſpire;
Le Chien caché, Lupin, Coriſque, le Satyre,
Voilà mot lot.

MOMUS.

Moi, pour ma part;
Je retiens le Colin Maillard.

MELPOMENE.

Vous n'aurez rien, ni l'un, ni l'autre.

THALIE.

Quoi? vous empietez fur mes droits?

MELPOMENE.

Ma sœur, je ne prends rien du vôtre;
De ce qui m'appartient je fais un juste choix,
Et, pour simplifier l'ouvrage,
J'en retranche le superflu.

THALIE.

Vous en parlez d'un ton bien fier, bien absolu!

MOMUS.

De divers incidents, retrancher l'Assemblage?
Pour l'Auteur! quel mortel outrage

MELPOMENE.

J'en conserve le fond, c'est l'honorer assez;
Pour tous ces incidents, du ressort de Thalie,
Et qui chez moy sont déplacez,
Je les renvoye à l'Italie.

MOMUS.

A l'Italie! ingrate! à qui donc devez-vous,
Ce Myrtil, ce Berger fidelle,
Que vous allez icy proposer pour modelle?
Le mauvais cœur!

MELPOMENE.

Point de courroux.
A chaque Nation je rends ce qu'il faut rendre;
L'Italie a son goût, & la France a le sien;
Mais, qui est le meilleur? eh! qui peut s'y mé-
prendre?
La France est aujourd'hui mon plus ferme soutien,
Mes yeux dans la carriere ont vû, d'un pas rapide,

Des Grecs même, des Grecs, les François triom-
  phants ;
France, tu m'as rendu, dans deux de tes Enfans ;
  Mon Sophocle & mon Euripide.

THALIE.

Doucement, s'il vous plaît, ne portez pas si haut ;
La gloire de Corneille & celle de Racine ;
Moliere les surpasse, ou du moins, il les vaut.
Jamais la Scene Grecque & la Scene Latine
  N'ont rien vû de si grand que lui ;
Je l'emportay sur vous, tant qu'il fut mon appuy.
  Tantôt Plaute, tantôt Terence,
  Toûjours Moliere cependant
  Quel homme ! avoüez que la France,
  En perdit trois en le perdant.

MOMUS.

Pour moi, sous mes Lauriers, je garde un front
  modeste.
  Si je daignois vous imiter,
  J'aurois de grands noms à citer,
  Qui vous donneroient votre reste,
Mais Momus vous fait grace, & veut bien par pitié,
Vous laisser de sa gloire ignorer la moitié.
  Ces trois mots vous doivent suffire.
Rien ne marche chez vous que méthodiquement ;
Vous donnez tout à l'art, moy je suis seulement,
  Ce que la nature m'inspire ;
  Et, pourvû que je fasse rire,
  Il ne m'importe pas comment.

MELPOMENE.

Ah ! si tu ne suivois que la belle nature,
J'inviterois Thalie à marcher sur tes pas ;
Mais avec toy, Momus, la route n'est pas seure ;
  Tu tombes quelquefois si bas,
Que . . . .

MOMUS.

D'une & d'autre part nos routes ſont connuës ?
Ramper, n'eſt pas votre deffaut ;
Mais, quelquefois auſſi vous vous guindez ſi haut ;
Que vous vous perdez dans les nuës.

MELPOMENE.

Je vous l'ai dit cent fois, ma ſœur, avec Momus,
Vous, vous êtes meſaliée ;
Chez vous perſonne ne vient plus ;
De vos premiers Amans vous êtes oubliée.
Ah ! rappellez ces temps heureux,
Où l'on nous voyoit toutes deux
Dans un même Char de victoire ;
Où Corneille & Moliere, admirez tour à tour,
Partageoient la Ville & la Cour.
Quelle honte pour vous ſuccede à tant de gloire !

THALIE.

O reproche cruel ! il me perce le ſein.

MOMUS.

Melpomene a toûjours le poignard à la main ;
Vien, ſuis moi, ma chere Thalie,
C'eſt trop nous laiſſer outrager ;
Si, par trop de ſuccès Melpomene s'oublie,
Un revers pourra nous venger.

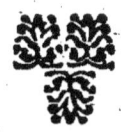

SCENE DERNIERE.

MELPOMENE *seule.*

IRoient-ils, contre moi, former quelque entre-
    prise ?
Mais je suis en des lieux où j'éprouvai cent fois,
    A quel point on me favorise.
    Vous à qui ma plaintive voix,
    Tous les jours arrache des larmes,
    Vous serez mes plus fortes armes.
Mais, afin qu'en ce jour tous mes vœux soient
    remplis ,
Versez sur mon Myrtil, sur mon Amaryllis,
    Ces pleurs, pour moy si pleins de charmes;
Et Venus & l'Amour pourront en profiter,
    Je rétablirai leur puissance ;
    Quand on admire la constance ,
    On n'est pas loin de l'imiter.

Fin du Prologue.

ACTEURS
de la Pastorale.

MOMTAN, grand Sacrificateur, pere de Myrtil.

TYTIRE, pere d'Amaryllis.

PHILEMON, crû pere de Myrtil.

MYRTIL, amant d'Amaryllis, fils de Montan, crû fils de Philemon.

'AMARYLLIS, fille de Tytire.

CORISQUE, confidente d'Amaryllis & amoureuse de Myrtil.

ERGASTE, ami de Myrtil & amoureux de Corisque.

TROUPE de Sacrificateurs.

TROUPE d'Arcadiens.

La Scene est en Arcadie, dans la Forêt d'Ery-manthe.

LE
PASTOR FIDO.

PASTORALE HEROIQUE.

ACTE PREMIER.

Le Théatre repreſente la Forêt d'Erymanthe.

SCENE PREMIERE.

MYRTIL.

JE cherche vainement l'objet de ma
    tendreſſe.
Infortuné Myrtil, quoi ! ſeras-tu ſans
    ceſſe
Le plus malheureux des Amans !
    Ah ! falloit-il quitter l'Elide,
Pour trouver en ces lieux de plus cruels tour-
    ments ?
C'eſt ici que bien-tôt de mon ſort on décide ;
Bien-tôt Amaryllis doit engager ſa foy ;
    Et c'eſt Diane qui l'ordonne.
Trop heureux Silvio ! c'eſt à toi qu'elle donne
    Un bien qui n'étoit dû qu'à moi.

Tu vas la posseder, cette beauté divine ;
 Mais ton cœur n'en est point épris :
 Non, du trésor qu'on te destine,
Ton insensible cœur ne connoît point le prix ;
Cependant ton Hymen me coutera la vie.
Apollon, en ces lieux, m'a promis du secours ;
 Mais c'est fait de mes tristes jours,
 Puisqu'Amaryllis m'est ravie.
Je vois Ergaste, helas ! je n'espere qu'en lui,
 Pour calmer mon mortel ennuy.

SCENE II.

MYRTIL, ERGASTE.

ERGASTE.

Myrtil, un noir chagrin, nuit & jour te
 dévore,
Permets qu'un tendre ami puisse le partager ;
 Instruis-moi d'un mal que j'ignore,
 Et que je voudrois soulager.

MYRTIL.

Inutile amitié pour un mal sans remede !
Ergaste, ç'en est fait, & je sens que j'y cede.
 Mes malheureux jours sont remplis ;
 Tout m'anonce une mort prochaine ;
On parle de former une fatale chaîne,
Eh ! comment puis-je vivre & perdre Amaryllis ?

ERGASTE.

Amaryllis !

MYRTIL.

J'aimois & n'osois te l'apprendre.
Eh ! qu'auroit pû pour moi toute ton amitié ?
 Helas ! je n'en pouvois attendre

      Que

Que des sentimens de pitié.
J'apprends qu'Amaryllis dès l'âge le plus tendre,
N'est plus maîtresse de sa foi,
Que rien ne peut changer cette barbare loi ;
Dieux cruels ! quel destin l'amena dans l'Elide !
D'une profonde paix, j'y goutois les appas ;
Mais l'Astre injurieux qui sur mes jours préside ;
Sans doute, pour ma perte y conduisit ses pas.
A peine je la vis, que d'attraits ! que de charmes !
Je sentis un trouble secret ;
Qui m'annonça le premier trait,
Du Dieu dont jusqu'alors j'avois bravé les ar-
mes.
Vainement à ce trait vainqueur,
J'opposai mon indifference ;
Des beaux yeux de la Nymphe, un regard enchan-
teur,
Forçant toute ma résistance,
Me perça jusqu'au fond du cœur.

ERGASTE.

As-tu fait l'aveu de ta flâmme ?
A l'aimable objet de tes vœux !

MYRTIL.

Que n'ai-je renfermé mon secret dans mon ame !
J'en serois bien moins malheureux ;
A peine j'eus parlé, ce souvenir m'accable ;
La Nymphe d'un regard glaça mon cœur d'effroi ?
Et, plus elle avoit mis sa confiance en moi,
Plus elle me trouva coupable :
Elle quitta l'Elide, & revint en ces lieux.
Que devins-je par son absence !
Je mourois tous les jours ; l'Auteur de ma nais-
sance,
Sur mon sort consulta les Dieux.
Ecoute, d'Apollon, qu'elle fut la réponse.

B

Haſte-toi de ſauver un Fils prêt à mourir ;
   Dans l'Arcadie il doit guérir.

ERGASTE.

Qu'entends-je ! c'eſt donc là ce qu'Apollon t'an-
   nonce !
Dieux puiſſants, vos decrets ſont audeſſus de moi ;
Et je n'oſe y porter un regard témeraire ;
   Mais je ſens chanceller ma foi,
Quand je vois Apollon à Diane contraire.

MYRTIL.

Ils s'accordent trop bien, je vais remplir mon
   ſort,
Et je ne dois ici guérir que par la mort.
   Oüi, je ſçai trop que de Diane,
Un oracle fatal traverſe mon amour ;
A perdre Amaryllis, ſa rigueur me condamne ,
   Ou plutôt à perdre le jour.
   Que ſon injuſtice eſt cruelle !
Pour terminer les maux qui déſolent ces lieux,
C'eſt peu que de brûler de l'ardeur la plus belle ;
Il faut être ſorti d'une race immortelle ;
Je compte ſeulement des Bergers pour Ayeux,
   Je ne ſuis pas du ſang des Dieux ;
Mais de tous les Bergers je ſuis le plus fidelle.

ERGASTE.

Une infidelité cauſa tous nos malheurs ;
Mais il faut t'en conter la déplorable hiſtoire ;
   Prêt d'en rappeller la mémoire,
De mes yeux, cher Myrtil , je ſens couler des
   pleurs ;
   Tu connois le nom de Lucrine ?

MYRTIL.

On m'a, de ſon malheur, parlé confuſément.

ERGASTE.

De nos maux & des tiens apprends donc l'origine.

Cette Nymphe eut jadis Amynthas pour amant,
 Il étoit Prêtre de Diane ;
Des feux dont il brûloit, il ne pût l'enflammer ;
 Mais elle feignit de l'aimer,
 Et c'eſt ce que le ciel condamne.
 Par l'attrait d'un eſpoir flatteur,
De ce credule amant elle entretient la flamme,
 Tandis qu'un plus heureux vainqueur,
 Etoit le maître de ſon ame.
Que devint Amynthas ! il ſçût la trahiſon :
O Diane, dit-il, d'un Miniſtre fidelle,
Si ton temple jamais vit éclater le zele,
 On m'outrage, fai-moy raiſon.
La Déeſſe auſſi-tôt exauce ſa priere,
Et verſant dans les Airs le plus mortel poiſon ;
 Fait périr l'Arcadie entiere.
Aux Oracles des Dieux, nos peuples ont recours :
Lucrine eſt condamnée, il faut, de ſa main même,
 Qu'Amynthas, de l'objet qu'il aime,
 Sur un Autel tranche les jours.
 Contre un Oracle ſi funeſte,
A la Nymphe parjure une eſperance reſte ;
Un Amant, au lieu d'elle, à l'autel peut s'offrir ;
Mais l'Ingrat, que ſon cœur à tout autre préfere,
Loin d'oſer ſecourir une tête ſi chere,
La ſuit juſqu'à l'Autel, & la laiſſe périr.
Les cheveux hériſſez, l'air ſombre, l'œil farouche ;
 Amynthas prend le fer vengeur,
Mais cependant, ces mots qui ſortent de ſa bouche,
 Expriment, malgré ſa fureur,
 L'attendriſſement de ſon cœur.
» Apprens, Lucrine, apprens comme il faut que l'on
 aime ;
» A peine mon Rival te donne quelques pleurs,
» Je te donne mon ſang ; il te plaint, & je meurs.
 Il dit, & s'immole lui-même.

Lucrine en ce fatal moment ,
Doute encore si le fer ou la douleur la frappe ;
Mais , détrompée enfin,»Attends moy , cher amant;
» Dit-elle , au coup mortel , ne croi pas que j'é-
        chappe ,
» Je vai m'unir à toy , du moins par mon trépas ;
A ces mots , d'un seul coup , tranchant sa destinée ,
Elle tombe , on diroit qu'elle cherche Amynthas ,
Mourant , il la reçoit mourante dans ses bras ,
Et leurs derniers soupirs consomment l'Hymenée.

MYRTIL.

O triste & favorable sort !
Amynthas , je te plains , & je te porte envie ,
    Tu meurs , mais la plus belle vie
N'égalera jamais la gloire de ta mort.

à Ergaste.
Et la Déesse encore pût garder sa colere !

ERGASTE.

Le cours n'en fut que suspendu :
Assez de sang encore n'étoit pas répandu ;
    Il fallut , pour la satisfaire ,
Qu'un fille , tombant sous le coûteau mortel ,
Tous les ans , de son temple ensanglantât l'Autel

MYRTIL.

Justes Dieux ! quel courroux funeste !

ERGASTE.

Il ne peut s'appaiser que par l'Hymen fatal ,
Qui livre Amaryllis aux mains de ton rival ;
Par un dernier Oracle. . . . . . .

MYRTIL.

            Ah ! je sçai tout le reste ;
Cent bouches m'ont appris par quelle dure loy ,
Et le fils de Montan , & la Nymphe que j'aime ,
        Engigez avant l'Hymen même ,
Sans l'aveu de l'amour , se sont donné la foy.
Il n'est que trop certain,cet Hymen que j'abhorre ;

Mais, daigne m'accorder, au nom de tous les Dieux,
Un dernier secours que j'implore ;
Que je voye un moment la Nymphe que j'adore,
Que je tombe à ses pieds , que j'expire à ses yeux.

ERGASTE.

Penses-tu qu'à te voir Amaryllis consente ?
MYRTIL.
Corisque est son amie , elle t'aime...
ERGASTE.

Il suffit.
J'employerai tous mes soins pour remplir ton at-
tente ,
Notre amitié me le prescrit.
Mais on vient.

SCENE III.

MONTAN, TYTIRE, MYRTIL, ERGASTE.

MONTAN.

Apprenez , Myrtil , une nouvelle ,
Qui doit adoucir vos ennuis.
MYRTIL.
Seigneur , dans l'état où je suis ,
Que peut faire pour moi la fortune cruelle ?
MONTAN.
Ce jour va ramener Philemon en ces lieux.
MYRTIL.
Mon pere, il viendra donc pour me fermer les yeux ?
MONTAN.
Vers vous , un soin plus doux l'ameine ,
Et ce jour finira votre mortelle peine ;
Son espoir est fondé sur les avis des Dieux.

B iij

Que ſon retour, pour nous eſt d'un heureux pré-
  ſage !
    Lorſqu'il partit de ce Rivage,
J'avois perdu mon fils, ce fils infortuné,
    Seroit, à peu près, de votre âge,
Si les Dieux, autrement n'en avoient ordonné,
    Ah! malgré l'amour le plus tendre,
    Ils voulurent me le reprendre ;
Preſque au même moment qu'ils me l'avoient
  donné ;
    Mais tout cede au bien que j'eſpere.
Si nos malheurs, Myrtil, ont banni votre Pere ?
A notre ſeul bonheur j'impute ſon retour,
    Il vient éclairer l'Hymenée,
Qui de mon ſecond fils regle ſa deſtinée.
Nous ſerons tous heureux avant la fin du jour.

MYRTIL.

Avant la fin du jour !

MONTAN.

    Quelle pâleur ſoudaine !

MYRTIL à *Ergaſte.*

Ami, ſoûtien mes foibles pas,
Vien, ſuis-moi, ma mort eſt certaine.

MONTAN.

Ergaſte, ne le quittez pas.

SCENE IV.

MONTAN, TYTIRE.

TYTIRE.

Que je le plains!

MONTAN.

    Je le crains plus encore ?

L'Hymen d'Amaryllis, annoncé pour ce jour,
Par ſa pâleur mortelle, a trahi ſon amour.
N'en doutons point, ſon cœur l'adore;
Il la vit dans l'Elide, il en fut trop charmé,
Et peut-être en eſt il aimé ;
Mais de Diane enfin, l'Oracle me raſſure.

TYTIRE.

C'eſt un crime pour nous, de nous en défier ;
Mais les Decrets des Dieux ſont une nuit obſcure ;
J'attends qu'ils prennent ſoin de les juſtifier.
Un Oracle eſt toûjours difficile à comprendre ;
Le ſens en eſt douteux, & ſemble nous punir,
De l'orgueil inſenſé qui nous fait entreprendre,
De penetrer dans l'avenir.

MONTAN.

Sur mon fils & ſur votre fille,
Les Dieux plus clairement ont-ils pû s'expliquer ?
Le bonheur de ces lieux eſt dans notre famille,
Et cet arrêt du ſort ne ſe peut révoquer ;
Mais puiſque votre foy chancelle,
Il faut que je vous le rappelle.

L'Eſpoir doit renaître en ces lieux ;
L'Hymen de deux Amans ſortis du ſang des Dieux,
Peut ſatisfaire une Immortelle ;
Diane, à ce ſeul prix, ceſſe de ſe vanger,
L'amour d'un fidele Berger,
Expiera le forfait d'une Nymphe infidelle.

TYTIRE.

Et ce Berger fidele à vos peuples promis,
Sur qui ſeul nous fondons toute notre eſperance ;
Le trouvez-vous dans votre fils ?
Vous voyez ſon indifference.
Son cœur nourri dans les Forêts,
Au Dieu qui fait aimer eſt toujours plus rebelle,
Et, toûjours défiant ſes traits,

A la ſeule Diane il veut être fidelle ;
Cet amour, cet Hymen qui vous ſemblent ſi doux,
Ne ſont pour lui qu'un eſclavage,
Et ſe livrant ſans ceſſe à ſon humeur ſauvage,
Pour les monſtres des bois, il nous néglige tous.
Vous êtes né du ſang d'Alcide,
Et je deſcends du Dieu qui ſur les bois préſide ;
Mais enfin votre fils peut-il nous rendre heureux,
Si jamais de l'amour il ne reſſent les feux ?

MONTAN.

Ah ! craignez que les Dieux, offenſez de vos doutes,
Ne raſſemblent ſur vous leurs plus terribles traits,
Ils ſçavent applanir les routes,
Qui conduiſent au but marqué par leurs décrets,
L'amour ſuivra l'Hymen.

TYTIRE.

Il faut qu'il le prévienne.
Différez cet Hymen, que de vous je l'obtienne,
Quittez d'infléxibles rigueurs ;
Nous ſommes tous ſoumis à votre obéïſſance :
Mais n'avez-vous reçu la ſuprême puiſſance,
Que pour tiranniſer les cœurs ?

MONTAN.

Ma pitié ſeroit trop funéſte,
Sans conſulter mon fils, quand j'engageay ſa main,
Je ſentis en ſecret que j'étois inhumain ;
Mais il falloit calmer la colere celeſte.
J'entends de toutes parts, j'entends la triſte voix,
D'un Peuple que les Dieux ont rangé ſous mes
loix :
Je ne puis appaiſer Diane,
Que par l'Hymen d'Amaryllis.
Mon fils a beau gémir, lorſque je l'y condamne ;
Chacun de mes ſujets m'eſt auſſi cher qu'un fils.

TYTIRE.

Sacrifiez votre famille ;

Mais pourquoi, sans pitié, sacrifier ma fille ?
Ne fait-elle à nos yeux éclater tant d'appas
Qui des plus tendres cœurs lui promettent l'hom-
    mage,
      Que pour devenir le partage,
      D'un époux qui ne l'aime pas ?
        MONTAN.
     A Diane il faut satisfaire ;
Sur tout autre interêt je dois fermer les yeux ;
     Tytire, vous parle en pere,
     J'agis en Ministre des Dieux.
Eh ! qu'ay-je à craindre icy pour ma propre famille?
Je n'ai que Silvio, vous sçavez qu'à l'autel
On ne doit, tous les ans, immoler qu'une fille ;
Ah ! pour Amaryllis craignez le coup mortel.
     Il est temps d'expier un crime,
Qui fait regner la mort dans ces tristes climats ;
     J'en fus la premiere victime.
Il m'en couta mon fils, vous ne l'ignorez pas.
     Rappellez cette nuit terrible,
Où, grossi par l'orage, & sortant de ses bords,
L'impetueux Ladon fit un mélange horrible
De Troupeaux, de Bergers, de mourants & de morts ;
Je n'avois qu'un seul fils, il étoit dans l'enfance,
Il fut, dans son berceau, par les flots emporté,
J'y cours, soins superflus ! envain on m'y seconde,
O douleur ! à mes yeux le berceau presenté,
M'anonce que mon fils est englouti dans l'onde.
       TYTIRE.
     Un second fils vous fut donné ;
Mais ce present des Dieux, ce prix de vôtre zele,
Ne l'avez-vous reçu de leur main immortelle
     Que pour le rendre infortuné ?
       MONTAN.
     S'il est digne du rang suprême,
Ne doit-il pas se croire au comble de ses vœux ;

Lorsqu'il va s'immoler lui-même,
     Pour rendre ses sujets heureux?
Quel destin! Mais on vient, Amaryllis s'avance.

SCENE V.

MONTAN, TYTIRE, AMARYLLIS, CORISQUE.

AMARYLLIS à *Corisque.*

QUe vois-je? c'est Montan! Evitons sa présence.
     MONTAN, *arrêtant Amaryllis.*
Ma fille; car enfin les Oracles des Dieux
Attachent, à ce nom, le bonheur de ces lieux,
Après vingt ans entiers d'implacable colere,
Diane sur nos bois jette un regard plus doux,
     Et c'est par mon fils, & par vous,
Que l'Arcadie aspire au bonheur de lui plaire;
     Oüi, vous deux, vous nous sauvez tous.
     AMARYLLIS.
Je ressens cette gloire autant qu'il m'est possible;
D'un peuple infortuné, prête à tarir les pleurs,
A ce grand interêt uniquement sensible,
Je dois fermer les yeux sur mes propres malheurs;
     Voilà tout le soin qui m'anime;
Fallut-il presenter mon cœur au coup mortel;
     Seigneur, faites dresser l'autel,
Je vous réponds de la victime.

                                        elle sort.

SCENE VI.

MONTAN, TYTIRE, CORISQUE.

MONTAN.

Elle fuit, demeurez, Corisque, quel discours !
Quoy ? Tytire est-ce ainsi. . . .

TYTIRE.

Sa douleur est trop vive,
Pour lui refuser mon secours ;
Je suis pere, Seigneur, souffrez que je la suive.

SCENE VII.

MONTAN, CORISQUE.

MONTAN.

Ainsi donc cet Hymen, dont mon cœur s'est
flaté,
N'est, pour Amaryllis, qu'un triste sacrifice,
Que l'on m'impute à cruauté !
à Corisque.
Mais vous, parlez sans artifice ;
Vous lisez dans un cœur qui ne s'ouvre qu'à vous ;
Expliquez ce mystere, ou craignez mon couroux.

CORISQUE.

Sans emprunter ma voix, Amaryllis s'explique ;
Seigneur, vous voyez sa douleur ;
Elle immole tout son bonheur,
A la felicité publique.
Peut-elle mieux remplir vos ordres absolus ?

Je ſçais que ſon cœur en ſoupire ;
C'eſt tout ce que je puis vous dire,
Ne me demandez rien de plus.

MONTAN.

Vous m'en dites aſſez, & je dois vous entendre,
Je ſçai trop que Myrtil adore Amaryllis ;
Son cœur, à quelque eſpoir, s'eſt-il laiſſé ſurpren-
dre ?
Ah ! s'il emportoit ſur mon fils
Une coupable préference.
On frémiroit de ma vengeance ;
Tremblez, d'un amour odieux,
Pour peu que vous ſoyiez complice,
Ne doutez point qu'un prompt ſupplice
Ne venge mon fils & les Dieux.

CORISQUE.

O ciel !

MONTAN.

Du couroux qui m'anime,
Amaryllis ſera la premiere victime ;
Vous la verrez tomber ſous le couteau mortel ;
Et ſur ſes pas, vous-même, au ſupplice conduite,
Expierez ſur le même Autel,
Le crime de l'avoir ſéduite.

SCENE VIII.

CORISQUE ſeule.

Dans le fond de mon cœur eſt-ce ainſi que tu
lis ?
Moy, je pourrois être complice,
De l'amour que Myrtil ſent pour Amaryllis !
Ah ! par quelque heureux artifice,
Si je pouvois troubler leurs feux,

Que je m'épargnerois de tourmens rigoureux !
Je ressens pour Myrtil une flâme fatale,
Que de mon lâche cœur je ne sçaurois bannir ;
    Et du bonheur de ma Rivale,
C'est moy que l'on accuse ; & moy qu'on veut
    punir ?
      Ah ! c'est trop d'outrages ensemble.
Vengeons-nous ; il est temps que ma rivale trem-
    ble......
Mais quoy ? percer un cœur qui se livre à ma foy !
    Un cœur qui ne s'ouvre qu'à moy ?
    Que dis-je ? cette confiance
    Ne doit servir qu'à m'irriter ;
La cruelle qu'elle est, en rompant le silence,
    Quels coups elle a sçû me porter !
    Elle m'a fait l'aveu funeste,
    Du feu qui dévore son cœur,
Elle aime, elle est aimée, ô mortelle douleur !
Non, puisque la vengeance est tout ce qui me
    reste,
    N'écoutons plus que ma fureur ;
Pour appaiser les cris du remords qui m'accuse,
Je veux bien, s'il se peut, n'employer que la ruse ;
Mais, s'il me faut enfin suivre l'injuste loy,
    Que la nécessité m'impose,
Vainement la raison cherche à regner sur moy,
De tous mes sentimens, c'est l'amour qui dispose ;
Je te pers, cher Myrtil, c'est tout ce que je voi.

✕✕✕✕✕✕✕✕✕ ✕✕✕✕✕ ✕✕✕✕✕

ACTE SECOND.

Le Theatre repreſente un Temple ruſtique.

SCENE PREMIERE.

ERGASTE, CORISQUE.

CORISQUE.

EH-bien, Amaryllis en ces lieux va ſe rendre ;
  Myrtil doit s'y rendre à ſon tour ;
Ergaſte, après les ſoins que, pour toi, j'oſe prendre
  Douteras-tu de mon amour !

ERGASTE.

Ah ! permets d'en douter à ce cœur qui t'adore,

CORISQUE.

Je ne riſque pas moins que de perdre le jour,
  Et tu n'es pas content encore !
Un Miniſtre des Dieux, la vengeance à la main,
  M'annonce un châtiment ſoudain,
Si j'accorde, à Myrtil, mon ſecours qu'il implore,
Pour toy ſeul je m'expoſe à toute ſa rigueur,
  Et tu peux douter de mon cœur !

ERGASTE.

  Mais ſi ce cœur étoit ſi tendre,
Pourrois-tu balancer à me donner ta foy ?

CORISQUE.

  Eſt-ce à moy que tu dois t'en prendre !
N'eſt-ce pas à mon pere à diſpoſer de moy ?
  A notre Hymen, tu ſçais trop qu'il s'op-
poſe.

ERGASTE.

Un cœur bien enflammé ne connoît d'autre loy,
    Que celle que l'amour impose.

CORISQUE.

Quoy? sans l'aveu d'un pere, accepter un Epoux?

ERGASTE.

    Nos cœurs ne sont-ils pas à nous ?
Ce temple que tu vois, est terrible au parjure,
Là, n'ayant, pour témoins, que nos cœurs & les
    Dieux,
Viens & permets que je te jure,
Un amour aussi pur que le flambeau des cieux.

CORISQUE.

A l'auteur de mes jours, je ferois cet outrage ?

ERGASTE.

Corisque, en me suivant, tu suivras ton Epoux,
Si tu m'aimes enfin, que cet amour t'engage,
    A former des liens si doux,
Ou je crois. . .

CORISQUE.

    C'en est trop, je vois qu'il faut me rendre ;
    Pour calmer tes soupçons jaloux.
Mais, Ergaste, tu sçais qu'ici je dois attendre,
    Ce Myrtil, cette Amaryllis,
    Pour qui nôtre cœur s'interesse ;
Dès que ces premiers soins auront été remplis ,
Je te joins dans le Temple, & te tiens ma pro-
    messe ;
Va, mais songe à ma gloire, & te cache si bien,
Que de nôtre projet on ne soupçonne rien.

ERGASTE.

Ah ! permets qu'à tes pieds. . .

CORISQUE.

    Haste-toi, le temps presse ;
Mais, je te le repete, Ergaste, cache-toi,
Quoiqu'il arrive enfin, ne te montre qu'à moi.

SCENE II.

CORISQUE *seule.*

AMour, daigne m'être propice,
C'est toi que je dois implorer :
Favorise mon ~~entreprise~~ *artifice*,
Toi, qui viens de me l'inspirer ;
Mais je vois Myrtil qui s'avance,
Continuons de feindre.

SCENE III.

MYRTIL, CORISQUE.

MYRTIL.

EH bien, quelle esperance
Est permise à mon triste cœur ?
Verray-je l'objet que j'adore ?

CORISQUE.

Je ne veux pas, icy, vous faire un vain bonheur ;
Amatyllis viendra ; mais, Myrtil, elle ignore,
Que vous l'attendez en ces lieux.

MYRTIL.

Qui l'y peut attirer ?

CORISQUE.

Dans son cœur, dans ses yeux,
Je n'ay pû, jusqu'icy, le pénétrer encore.

MYRTIL.

Dieux ! n'auroit-elle point de secrettes amours ?

CORISQUE.

Vous croiriez ?... Mon soupçon s'augmente par
le vôtre.

La

La Nymphe dans ce bois, vient rêver tous les jours;
Mais peut-être est-ce à vous...

MYRTIL.

Non, non ; c'est à quelqu'antre.
Que je suis malheureux ! j'ai crû que le devoir
A mon fidelle amour la rendoit, seul, rebelle,
Et cependant son cœur... N'importe il faut la voir ;
Deussay-je perdre encore, auprès de la cruelle,
Le peu qui me reste d'espoir.
Corisque, je la vois : Dieux ! quel trouble m'agite !

SCENE IV.

MYRTIL, AMARYLLIS, CORISQUE.

AMARYLLIS à *Corisque.*

Que voy-je ? Myrtil en ces lieux !
Je ne le veux point voir, permets que je te
quitte.
Fuyons.

MYRTIL à *Amaryllis.*

Ah ! permettez que j'expire à vos yeux.

AMARYLLIS.

En quel état suis-je réduite !
O destin ! où m'as-tu conduite ?

MYRTIL.

Auprès d'un tendre Amant, il a guidé vos pas.

CORISQUE.

Vous voyez sa mortelle peine ;
Serez-vous assez inhumaine,
Pour le condamner au trépas ?
Demeurez...

AMARYLLIS.

Oses-tu me conseiller un crime ?
Sui-moy, Corisque, sauvons-nous.

C

MYRTIL *à ses genoux.*

Ma chere Amaryllis ?

AMARYLLIS.

Myrtil, que faites-vous ?

MYRTIL.

Au nom du beau feu qui m'anime,
Ne me refusez pas un moment d'entretien.

AMARYLLIS.

Eh ! quelle en peut être l'issüë ?
Hélas ! quel sort seroit le mien,
Si par des yeux jaloux, j'allois être apperçüë !

à Corisque.

Cours, observe par tout, mais ne t'éloigne pas,
Et revien bien-tôt sur tes pas.

SCENE V.

MYRTIL, AMARYLLIS.

MYRTIL.

Quelle amertume, ô ciel, se mêle à cette grace!
Je lis dans votre cœur, je vois ce qui s'y passe;
Cruelle Amaryllis, d'un entretien fâcheux,
Vous voulez que Corisque au plutôt vous délivre ;
Mais, j'ai si peu de temps à vivre,
Pourquoi m'enviez-vous quelques momens heu-
reux ?
Que dis-je ? quelle inquiétude ?
Vous comptez ces momens, qu'avec moi vous
perdez ;
A peine vous me regardez ;
Hélas ! dans cette solitude,
Le destin, dites-vous, a seul conduit vos pas ;
Je ne le vois que trop, vous ne m'y cherchiez pas ,

Mais ce qui me condamne au tourment le plus
    rude,
C'est. . . . .

AMARYLLIS.
Qu'osez-vous penser?

MYRTIL.
        Ce que je pense! helas :
Vous y trouveriez mille appas.
Si quelqu'autre que moy . . . .

AMARYLLIS.
        Dieux! que voulez-vous dire?

MYRTIL.
Qu'un plus heureux amant, en ces lieux vous attire;
Ce n'est pas Sylvio ; son cœur jusqu'à ce jour
    A bravé les traits de l'Amour.

AMARYLLIS.
Qu'entends-je? Et c'est Myrtil qui me fait cet ou-
    trage!
Quoy? vous me soupçonnez de trahir mon devoir!
    Ne m'en dites pas davantage ;
Fuyez, & pour jamais évitez de me voir.

MYRTIL.
Pour jamais! quel Arrest d'une bouche qu'on aime!
Ah! j'ay par trop d'amour merité le trépas,
    Si l'excès de cet amour même,
    Près de vous ne m'excuse pas ;
    Si je vous ai fait une offense, !
Songez, qu'on ne sçauroit, de l'amoureux poison ;
    Réssentir toute la puissance,
    Et perdre toute sa raison,
    Qu'il n'en coûte un peu d'innocence.

AMARYLLIS.
    Et bien ; je vous pardonne tout,
    Mais, Myrtil, en reconnoissance,
Il faut. . . . .

MYRTIL.

N'exigez rien de mon obéiſſance;
Si je n'en puis venir à bout.

AMARYLLIS.

Souveraine d'un cœur, il faut que j'en diſpoſe.

MYRTIL.

Juſte Ciel!

AMARYLLIS.

Ecoutez ce que je vous impoſe.
Je veux que votre amour demeure enſeveli
Dans la nuit du ſilence, & même dans l'oubli.

MYRTIL.

Dans l'oubli! Je puis bien me taire,
Etoufer mes ſoûpirs, dévorer mes regrets;
Mais puis je oublier tant d'attraits?
Puis-je oublier enfin que vous m'avez ſçû plaire?
Non, ne l'eſperez pas.

AMARYLLIS.

Je reprends ma colere.

MYRTIL.

Et moy, je m'abbandonne au plus affreux tranſ-
port.
Puiſque ce n'eſt que par ma mort
Qu'à vos ordres cruels mon cœur peut ſatisfaire;
Adieu, je vais remplir ces ordres abſolus;
Je ne vous offenſeray plus.

AMARYLLIS.

Où courez-vous, Myrtil? Qu'allez-vous entreprendre?

MYRTIL.

La mort eſt le ſeul bien qu'il me reſte à prétendre.

AMARYLLIS.

Non, vivez.

MYRTIL.

Puis-je vivre, & ne vous pas aimer?
Ah! laiſſez-moy mourir.

AMARYLLIS.

Barbare !
Quel affreux defefpoir de votre ame s'empare ?
MYRTIL.
Eh ! vous me l'infpirez ce défefpoir affreux.
Quoi ? m'ôter tout efpoir & vouloir que je vive !
A conferver mes jours, n'êtes-vous attentive,
Que pour les rendre malheureux ?
AMARYLLIS.
Et croyez-vous, Myrtil, être le feul à plaindre ?
Non, vous n'épuifez pas, vous feul, tous les mal-
heurs,
Combien d'autres que vous, prêts à verfer des
pleurs,
Sont condamnez à les contraindre?
MYRTIL.
Qu'entends-je ? Quel efpoir ?...
AMARYLLIS.
Qu'ofez-vous préfumer ?
Où s'égarent vos vœux ? vous parlez d'efperance !
Mais il faut achever de rompre le filence ;
De mes malheurs fecrets, il faut vous informer.
Je n'ai, pour Sylvio, que de l'indifference.
Et mon trifte devoir m'ordonne de l'aimer.
On m'en fait une loy fuprême.
Vous êtes trop heureux.
MYRTIL.
Moi, trop heureux ? helas !
Je ne puis être à ce que j'aime ;
AMARYLLIS.
Ah ! le comble du malheur même,
C'eft d'être à ce qu'on n'aime pas.
Vous êtes libre au moins, & moy, trifte captive,
De mes gemiffemens il faut que je me prive ;
Mon cœur même, mon cœur, eft un bien que je doi,
Et, fans le confulter, on veut que je le donne.
C iij

MYRTIL.

Et pourquoi le donner ?

AMARYLLIS.

Mon devoir me l'ordonne,
C'est un bien qui n'est plus à moy.

AMARYLLIS.

Devoir trop rigoureux !

C'est lui que j'en dois croire.
Myrtil, pour une Nymphe attentive à sa gloire,
C'est n'avoir plus son cœur, qu'avoir donné sa foy,

MYRTIL.

O vertu qui vous rend encore plus adorable !
Mais qui me rend plus miserable !
Faut-il que le destin de mon bonheur jaloux,
Ne nous ait pas faits l'un pour l'autre ?

AMARYLLIS.

Pourquoi faut-il que mon époux,
N'ait pas un cœur comme le vôtre ?
De grace finissons un si triste entretien.

MYRTIL.

Adieu, je vai mourir.

AMARYLLIS.

Non, Myrtil, songez bien,
Que je viens de vous le deffendre ;
L'air que vous respirez, désormais est un bien,
Dont vous avez compte à me rendre.

MYRTIL.

Infortuné Myrtil ! hélas ! quel est ton sort !
On t'ordonne de vivre, en te donnant la mort.

SCENE VI.

AMARYLLIS *seule.*

QUe ton injustice est extrême
De vouloir, cher Myrtil, m'imputer ton trépas ?
Je t'ordonne de vivre, hélas !
Et je voudrois mourir moi-même.
Ta bouche à tous momens m'accuse de rigueur ?
Que ne peux-tu, cruel, lire au fond de mon
    cœur !
Quelques larmes que tu répandes,
En me voyant mêler mes soûpirs à tes pleurs ;
Tu donnerois à mes malheurs
Cette pitié que tu demandes.
Mais que te sert tout mon amour !
Que me sert toute ma tendresse !
Faut-il qu'un même trait nous blesse ;
Pour nous dechirer tour à tour ?
Pour nous mieux accabler, l'amour nous favorise ;
Il forme nos liens, & le destin les brise.
Hôtes de ces Forêts, que vous êtes heureux !
La nature est pour vous une arbitre suprême
Vous n'avez, pour former les plus aimables nœuds,
        Point d'autre loy que l'amour même,
Et vous êtes contents, aussi-tôt qu'amoureux.
        Mais que dis-je ? cette nature
Qu'on me force à trahir, sans me dire pourquoi,
Cet amour qui me plaît, m'enchante malgré moy,
Au moment qu'on m'en fait la plus noire peinture;
Tout révolte mon cœur contre une loy trop dure.
Dieux, changez la nature, ou révoquez la loy.
        Pour un objet illégitime,

Deviez-vous dans nos cœurs mettre un penchant
　　secret,
Et prêter à l'amour un si puissant attrait,
　　　　Si vous vouliez en faire un crime ?
　　　　Hélas ! dans mon funeste sort,
Je verrois, sans pâlir, l'approche de la mort ;
Si d'un plus grand malheur ma mort n'étoit suivie;
Mon sang n'est pas, pour moy, d'un prix à ménager ;
　　　　Mais je vois ma gloire en danger ;
　　　　Bien, qui m'est plus cher que la vie.
Ainsi donc, cher Myrtil, ne te plains plus de moy;
　　　　Cesse de m'appeller cruelle;
　　　　Amaryllis ressent pour toy,
　　　　Tout ce que tu ressens pour elle.
L'amour rend tout commun, & les maux & les
　　biens ;
Tes soûpirs, font pour moy des traits dont tu me
　　perces
Ces pleurs que tu répands, c'est mon sang que tu
　　verses,
Et nos cœurs sont unis par de si forts liens,
　　　　Que, malgré ton injuste plainte,
　　　　Tous les maux dont tu sens l'atteinte,
　　　　Sont moins tes tourmens que les miens ?

SCENE VII.

AMARYLLIS, CORISQUE.

AMARYLLIS.

Viens-tu de voir Myrtil ? t'a-t-il promis de
　vivre ?
CORISQUE.
Oüi ; jusqu'à votre Hymen ; mais il ne mourra pas ;

Il est temps que je vous délivre
D'un lien plus affreux pour vous que le trépas.

AMARYLLIS.

Que mon cœur s'aplaudit d'une amitié si tendre !
Mais que vas-tu donc entreprendre ?

CORISQUE.

D'un secret important, mon cœur est éclairci.

AMARYLLIS.

Et quel est ce secret ?

CORISQUE.

On vient de me l'apprendre.
Sylvio doit se rendre icy ;
Et c'est, le croiriez-vous ? c'est l'amour qui l'a-
mene.

AMARYLLIS.

L'amour ! Quoi ? ce superbe cœur
Reconnoit enfin un vainqueur !

CORISQUE.

Eglé le retient dans sa chaîne.

AMARYLLIS.

Eglé, qui, comme lui , n'aimoit que les Forêts !

CORISQUE.

Leurs feux en étoient plus secrets,
Ce grand secret encore seroit impénétrable,
Sans le fatal Hymen qui s'aprête en ce jour ;
Et c'est pour s'affranchir d'un sort si déplorable
Qu'ils m'ont confié leur amour.
Ils sont prêts à s'unir ; je dois être présente.
Dans le fond de ce Temple est un antique Autel ;
C'est-là qu'à sa fidelle Amante,
Sylvio vient jurer un amour immortel.
A ce spectacle heureux, c'est moy qui vous appelle ;
Vous n'ignorez pas que la loy
Vous dégage de votre foy ,
Si votre Epoux devient, le premier, infidelle.

AMARYLLIS.

Ah ! tu me rends la vie.

CORISQUE.

Employons ſes momens.
Vous , pour être témoin de leurs ſacrez ſermens ,
Cachez-vous dans ce Temple à vos vœux ſi pro-
pice.

AMARYLLIS.

J'y cours.

SCENE VIII.

CORISQUE *ſeule.*

Tout ſuccede à mes vœux ;
Et bien-tôt , par mon artifice ,
De deux cœurs trop unis, je vais rompre les nœuds;
Rendons Myrtil jaloux , je le voi qui s'avance.
Amour , puiſſe un dépit heureux ,
Faire tourner ſon cœur du côté de mes feux ;
Daigne remplir mon eſperance ,
Je n'ai que trop long-temps éprouvé ta rigueur.
Garde-toy de forcer mon cœur ,
A porter plus loin la vengeance.

SCENE IX.

MYRTIL, CORISQUE.

CORISQUE.

Que cherchez-vous, Myrtil ?

MYRTIL.

Ce que je cherche *!* helas *!*
Au gré de mes ennuis , je laisse errer mes pas.

CORISQUE.

Que je vous plains *!* Amour , que tes loix sont
cruelles ,
Quand tu forces des cœurs constants
A brûler pour des infidelles *!*
On nous trahit tous deux.

MYRTIL.

Dieux *!* qu'est ce que j'entends *?*

CORISQUE.

Ergaste ... Amaryllis...

MYRTIL.

Ciel *!* achevez.

CORISQUE.

Je n'ose ;
Ce seroit vous porter de trop funestes coups.

MYRTIL.

Ah *!* de grace ..

CORISQUE.

Myrtil, ce n'étoit pas sans cause,
Que tantôt vous étiez jaloux ;
Amaryllis aimoit, & m'en faisoit mystere.

MYRTIL.

Hélas *!*

CORISQUE.

Plus qu'à toute autre, elle a dû me cacher ;
Un feu que l'amitié devoit lui reprocher ;
Ergaste l'attiroit dans ce lieu solitaire.

MYRTIL.

Ergaste seroit mon Rival *!*
Il pourroit me porter le coup le plus fatal *!*
Non, je ne le crois point. C'est à tort qu'on l'ac-
cuse.

CORISQUE.

Quoy ? vous me soupçonnez.

MYRTIL.

Permettez que mon cœur,
Cherche à douter de son malheur ;
L'apparence, en amour, quelquefois nous abuse

CORISQUE.

Il faut donc vous convaincre mieux.
Ne vous en fiez plus qu'au raport de vos yeux.
Voyez ce Temple d'Ericine ;
C'est-là qu'Amaryllis dans ce même moment ;
Attestant les saints noms, de Junon, de Lucine,
Par des nœuds éternels se lie à son Amant.

MYRTIL.

Dieux ! Qu'entends-je ? Courons.

CORISQUE.

Qu'allez-vous entreprendre ?

MYRTIL.

Non, je n'écoute plus ni respect, ni raison.

CORISQUE.

Ciel !

MYRTIL.

Avec son Amant je prétends la surprendre ;
Luy reprocher sa trahison,
Et dans la fureur qui me guide
Me venger d'un ami perfide.

il entre dans le Temple.

CORISQUE.

Arrêtez. Mais on vient. C'est Montan ! Je fremis ?

SCENE X.

MONTAN, CORISQUE.

MONTAN.

JE vous vois tremblante ! éperduë !
Dans ce Temple ſacré quel crime a-t-on commis ?
Diane à mes yeux apparuë,
M'a contraint d'y porter mes pas ;
Entrons. Mais je vois ma victime.
Amaryllis ſort du Temple, ſuivie de Myrtil.

SCENE XI.

MONTAN, MYRTIL, AMARYLLIS, CORISQUE.

AMARYLLIS *voyant Montan.*

O Dieux !

MYRTIL.

O deſeſpoir !

MONTAN.

O crime !

AMARYLLIS à *Myrtil.*

Eloignez-vous, Myrtil.

MONTAN à *Amaryllis.*

Parjure, tu mourras.

AMARYLLIS.

Quoy ? Seigneur, vous croiriez ?...

MONTAN.

Je ne t'écoute pas;
Voudrois-tu démentir les avis de Diane ?
Il suffit qu'elle te condamne ;
Je vais ordonner ton trépas.

SCENE XII.

MYRTIL, AMARYLLIS, CORISQUE.

MYRTIL.

VOus mourrez ! que viens-je d'enten-
dre ?
Ah ! malgré mes transports jaloux,
Je sens, qu'en ce moment, la pitié la plus tendre
Succede au plus juste courroux.
Vous mourrez ! Et pour qui ? Mon courroux se ra-
nime,
Aussi bien que Montan, n'ai-je pas ma victime ?
Immolons mon rival à toute ma fureur.

AMARYLLIS.

Quel Rival ? Mais quel droit avez-vous sur mon
cœur ?

MYRTIL.

Non, je n'en eus jamais sur un cœur si perfide,
Et je n'en veux jamais avoir ;
Mais, cruelle, pourquoi d'une flame timide
Avez-vous relevé l'espoir.

AMARYLLIS.

Moy ? j'aurois à vos feux donné quelque esperance ?

MYRTIL.

Et ne m'avez pas deffendu de mourir ?

AMARYLLIS.

On peut à la pitié fe laiffer attendrir,
Sans perdre fon indifference.

MYRTIL.

Quelle indifference ! grands Dieux !
Je vois trop votre amour extrême.

AMARYLLIS.

Ne vous informez plus, fi je haïs, ou fi j'aime.
Fuyez, & gardez-vous de paroître à mes yeux.

MYRTIL.

Vous ferez obéïe. Oüi, pour quitter ces lieux,
Ingrate, je n'attends que le retour d'un pere.
Calmez cette vaine colere.
Vous ne le verrez plus cet Amant odieux;
L'Elide, contre vous, me promet un azyle,
Et j'efpere y joüir de ce bonheur tranquile
Que m'avoient annoncé les Dieux.

SCENE XIII.

AMARYLLIS, CORISQUE.

CORISQUE.

D'Un mouvement jaloux il n'a pas été maître:
Malgré-moy, dans le Temple, il a fuivi vos pas.

AMARYLLIS.

Corifque, je ne me plains pas
D'un tranfport, qu'en fon cœur, l'Amour feul a fait
naître.

CORISQUE.

Mais pourquoi dans l'erreur, laiffez-vous fon
amour?

AMARYLLIS.

Ah ! c'eft pour lui fauver le jour.

! Tu sçais trop qu'une criminelle ;
Echappe aux rigueurs de la loy,
Si quelqu'un veut mourir pour elle ?
Si Myrtil me croyoit fidelle,
Il voudroit s'immoler pour moy.
Hélas ! ce qui me desespere,
Et dont, plus vivement, mon cœur se sent percer ;
C'est que Myrtil puisse penser,
Qu'un autre Amant ait sçu me plaire.
L'Ingrat ! jusqu'à ce point a-t-il pû m'offenser ?
Je touche à mon heure derniere ;
Il est temps de t'ouvrir mon ame toute entiere.
Mon Amant me soupçonne, & ce mortel regret,
Est le seul, qu'au tombeau j'emporte ;
Cependant, garde mon secret ;
Je te l'ai déja dit, à ses jours il importe ;
Mais, ma chere Corisque, au nom de tous les Dieux,
J'exige ce prix de ton zele :
Aussi-tôt que la mort m'aura fermé les yeux
Dis-lui, qu'Amaryllis lui fut toûjours fidelle ;
Mais non ; il en mourroit pour lui sauver le jour,
Laisse-lui quelque temps ignorer mon amour.
Mon inconstance prétenduë,
A beau l'irriter contre moy,
Je crois qu'il m'aime encor, en soupçonnant ma
foy ;
Avant que cette foy brille entiere à sa vûë,
Attends que dans son cœur le temps ait affoibli
La douleur de m'avoir perduë ;
Mais ne le laisse pas aller jusqu'à l'oubli.
Il est temps qu'on me sacrifie.
Demeure.

CORISQUE.

Ah ! permettez que je suive vos pas ;
Il faut que je vous justifie.

A MARYLLIS

AMARYLLIS.

Corisque, on ne t'en croiroit pas ;
Et peut-être, à ma mort, on joindroit ton trépas.
Fui plutôt, cache-toy ? j'ai besoin de ta vie,
Pour me justifier auprès de mon Amant.

CORISQUE.

Ciel !

AMARYLLIS.

Reçoi mes adieux dans cet embrassement.

SCENE XIV.

CORISQUE *seule.*

Tu vas donc expirer, innocente victime !
      Et rien ne peut te secourir !
Que ses derniers adieux viennent de m'attendrir !
Je la plains ! Malheureuse ! eh ! c'est moi qui l'op-
      prime......
Que dis-je ? Moy la plaindre ! ah ! laissons-la périr.
Montan a prononcé sa Sentence mortelle,
      Laissons-la tomber sous ses coups.
Ah ! Dieux ! de quel amour Myrtil brûle pour elle !
Son sort, même en mourant, ne sera que trop doux.
      C'en est trop, achevons mon crime ;
      Je cede à mes transports jaloux,
      Et je leur dois cette victime.

D

SCENE XV.

ERGASTE, CORISQUE.

ERGASTE.

HAſtez-vous de me rendre heureux ;
Hors la Divinité qu'en ce temple on révere ,
Aucun icy ne nous éclaire.

CORISQUE.

Ah ! choiſiſſez un temps plus propice à vos vœux ,
Ignorez-vous ce qui ſe paſſe ?

ERGASTE.

Par votre ordre caché , rien n'a frappé mes yeux.

CORISQUE.

La triſte Amaryllis , ô fatalle diſgrace ,
Va perdre , pour jamais, la lumiere des cieux.

ERGASTE.

Dieux ! que m'annoncez-vous ?

CORISQUE.

Il eſt trop vrai.

ERGASTE.

Je tremble !

CORISQUE.

Myrtil l'avoit ſuivie en ce Temple ſacré ,
Hélas ! par Diane éclairé ,
Montan les a ſurpris enſemble.

ERGASTE.

Venez , allons la ſecourir.

CORISQUE.

Montan qui me croit ſa complice ,
Me reſerve un même ſupplice ,
A ſes yeux iray-je m'offrir ?
Laiſſez-moi me cacher.

ERGASTE.

> Moy, vous laiſſer ? de grace,

Que ſur vos pas...

CORISQUE.

> Fuyez, ou craignez mon courroux:

ERGASTE.

J'obéis, mais enfin, ſi Montan vous menace,
Je reviens vous deffendre, ou périr avec vous.

SCENE XVI.

CORISQUE ſeule.

OU périr avec moi ! que je ſuis criminelle !
Hélas ! Amie, Amant, tout m'éprouve infidelle.
        Dieux ! s'il eſt vrai que les remords,
D'un reſte de vertu ſoient les derniers efforts,
        Que ne devancent-ils le crime !
Pourquoi m'agitez-vous, troubles tumultueux,
        Dont mon cœur devient la victime,
        Si vous êtes infructueux ?
        Après les plus perfides trames,
Et tout ce que l'enfer enfante de plus noir,
        Vous ne produiſez dans les ames,
        Que la rage & le déſeſpoir.

> *le Tonnere gronde.*

Quel bruit ! De toutes parts, j'entends gronder la
    foudre ?
        Elle va me réduire en poudre !
O Diane, eſt-ce toy qui tiens ce trait vengeur ?
        Prêt à trancher mes jours coupables ?
Arrête. Laiſſe agir mes remords implacables,
Ils ſçauront, mieux que toy, me déchirer le cœur;
Prévenons, s'il ſe peut, ſes terribles menaces ?

Sauvons-nous ; mais où me cacher ?
C'est en vain qu'à mon sort je prétends m'arra-
cher,
Je traîne la mort sur mes traces.

❋❋❋❋❋❋❋❋❋❋❋❋❋❋❋❋❋❋❋❋❋❋❋❋❋❋
✕✕✕✕✕✕✕✕✕✕✕✕ ✕✕✕✕✕✕✕✕✕✕✕✕
❋❋❋❋❋❋❋❋❋❋❋❋ ❋❋❋❋❋❋❋❋❋❋❋❋

ACTE DERNIER.

*Le Theatre represente la partie exterieure
du Temple de Diane. On voit un
Autel dressé.*

SCENE PREMIERE.

TYTIRE.

OU viens tu, Pere infortuné ?
O ma fille, à ta mort, aurois-je dû m'attendre ?
C'est icy que tu vas répandre,
Tout le sang que je t'ay donné.
Du moins, si, victime innocente,
Tu desarmois la main puissante,
Qui frappe ce triste séjour ;
Je pourrois respirer sous le poids qui m'accable ;
Mais tu vas mourir en coupable,
Et tu perds, à la fois, & l'honneur & le jour.
Montan, à regret, te condamne.
Dans cet affreux moment, pour la derniere fois,
Il porte, en ta faveur, une tremblante voix,
Jusques au trône de Diane,
Puisse-t-il fléchir son courroux ?
Mais il vient, & sur son visage

De mon bonheur prochain je crois voir le présage :
Diane s'appaise pour nous.

SCENE II.

MONTAN, TYTIRE.

MONTAN.

N'En doutez point, Diane à nos vœux est pro-
   pice,
A ses rigueurs, enfin, succedent ses bienfaits.
  Non, sous un plus heureux auspice,
   Je ne l'interrogeay jamais ;
Si le bonheur public est tout ce qui vous touche ;
  Tytire, imitez mon transport,
Et mille & mille fois benissez l'heureux sort
Que Diane, à mon peuple annonce par ma bouche,

Ton peuple va jouir d'un repos éternel.
  Ce jour a vû son dernier crime,
Ce même jour verra la derniere victime,
  Qui doit s'offrir à mon Autel.

TYTIRE.

Et c'est-là le bonheur que Diane m'anonce !
MONTAN.
Il doit, dans tous les cœurs, tenir le premier rang.
Pour le bonheur public, aux interêts du sang,
A soy-même, en un mot, il faut que l'on renonce.
TYTIRE.
Ah ! qu'il vous est aisé de tenir ce discours ?
Le sort épargne icy votre heureuse famille ;
  Mais sur la tête de ma fille,
Le fer cruel se leve & va trancher ses jours.
   Cependant son malheur extrême,
    D iij

Tantôt a sçu vous attendrir.
~~Votre cœur, pour ma fille, a paru s'attendris;~~

MONTAN.

J'ai dû la plaindre alors ; je la voyois perir,
 Sans sauver un peuple que j'aime ;
 Mais que son sort est different !
S'il faut que de son sang l'Autel sacré s'inonde ;
Ce sang de tous nos biens est la source féconde ;
 Elle nous sauve en expirant.

TYTIRE.

 D'une félicité parfaite,
 Vous allez goûter la douceur ;
Mais du sang de ma fille il faut que je l'achette ;
Et vous n'êtes heureux qu'en me perçant le cœur ;
Souffrez, du moins, souffrez que ce cœur en ge-
 misse ;
Car enfin, par quel crime ay-je irrité les Dieux ?
Et comment puis-je perdre un bien si précieux,
 Sans les accuser d'injustice ?

MONTAN.

'Arrêtez. Quel blasphême osez-vous prononcer ?
 Les Dieux sont toûjours équitables,
 Et leurs coups toûjours respectables.
Ce n'est pas votre cœur qu'ils prétendent percer ;
Et la victime, enfin, n'est que trop criminelle.

TYTIRE.

Vous êtes plus coupable qu'elle.

MONTAN.

Moy !

TYTIRE.

De vos soins pieux vous voyez le succès ;
 Ma fille en devient la victime,
 Le zele qu'on porte à l'excès,
 Est plus à craindre que le crime.

MONTAN.

J'excuse des discours que la douleur aigrit ;

L'offenfe du Sujet, je la pardonne au Pere :
Mais j'ai fait ce que j'ai dû faire,
Et ce que les Dieux m'ont prefcrit.
TYTIRE.
Autant que vous, je les adore,
Mais quoy ? Sur je ne fçai quels oracles rendus,
Douteux jufqu'à ce jour, & qui peut-être encore
Ne font pas trop bien entendus,
Faut-il, fur un Autel funefte,
De leur fang & du mien, verfer ce qui me refte ?
MONTAN.
Je vous l'ai déja dit, ce fang eft criminel.
Songez par quel ferment, augufte, folemnel,
La foy de votre fille à mon fils attachée....
TYTIRE.
Eh ! quelle foy ! grands Dieux ! vous l'aviez arra-
chée.
Par un pareil engagement,
On fert bien moins les Dieux, qu'on ne leur fait
injure ;
Et, quand on contraint au ferment,
On eft coupable du parjure.
MONTAN.
Qu'entends-je ? Quel outrage !
TYTIRE.
Ah ! pardonnez, Seigneur,
Un langage dicté par la feule douleur ;
Je la porte trop loin, cette douleur mortelle ;
J'admire votre fermeté,
Mais, helas ! je ne puis la prendre pour modelle ;
Votre emploi vous éleve à la Divinité,
Et je tiens à l'humanité,
Par la tendreffe Paternelle.
Vous ne m'écoutez point ? Vous détournez les
yeux !

D iiij

MONTAN.

On vient, il eſt temps qu'on répande
Le ſang que Diane demande.

SCENE III.

MONTAN, TYTIRE, AMARYLLIS
couronnée de fleurs.

Suite de Montan. Suite d'Amaryllis,
Troupe d'Arcadiens.

TYTIRE.

Quel horrible ſpectacle ! ô Dieux ! ô juſtes
Dieux !

AMARYLLIS.

Que ſa douleur me déſeſpere !

MONTAN *aux gens de ſa ſuite.*
Qu'on l'emmene loin de ces lieux.

TYTIRE.

Barbare !

MONTAN *aux gens de ſa ſuite.*
Obéiſſez.

TYTIRE.
O ma fille !

AMARYLLIS.
O mon pere !

SCENE IV.

MONTAN, AMARYLLIS.

Suite de Montan. Suite d'Amaryllis.
Troupe d'Arcadiens.

AMARYLLIS.

PEuples, pour qui je vais mourir ;
Au sang qui va couler, ne mêlez point de larmes ;
Le sort qui vous attend, a pour moi trop de char-
mes.
C'est par moy que les Dieux daignent vous se-
courir.
     Gardez cherement la mémoire,
     De ma mort & de leurs bienfaits ;
     Et vous à qui je satisfaits
Grands Dieux, après ma mort, prenez soin de ma
gloire.
Je n'ai plus rien à dire ; approchons de l'Autel.
  à Montan.
Frappez ; voilà mon cœur ; portez le coup mortel.

SCENE V.

Les Acteurs de la Scene precedente, MYRTIL.

MYRTIL *retenant le bras de Montan.*

ARrêtez.

MONTAN.

Quelle main profane
Ose icy retenir mes coups ?

AMARYLLIS.

Que vois-je! c'est Myrtil !

MONTAN à *Myrtil.*

Ah ! tremble que Diane
Ne tourne contre toi son terrible courroux.

MYRTIL.

Eh ! qu'a-t-elle de si terrible,
Qui ne céde au spectacle horrible,
Dont cet Autel frappe mes yeux.
L'aimable Amaryllis va perdre la lumiere !
Soleil, toute la terre entiere,
T'offrit-t'elle jamais rien de si précieux ?
Mais, au mépris de tant de charmes,
Je vois qu'on la laisse pétir !
Je vois de toutes parts, des yeux noyez de lar-
mes,
Et pour elle, à l'Autel, aucun ne vient s'offrir !
Où donc est cet Amant que son cœur me pré-
fere ?
Mais, c'est trop perdre, ici, de frivoles discours,
Toute ingrate qu'elle est, elle m'est assez chere,
Pour lui sauver la vie, aux dépens de mes jours.

MONTAN.

J'entrevoi l'espoir qui te flatte,
Tu penses la sauver, en l'appellant ingrate ;
Mais je ne sçai que trop, l'amour qu'elle a pour
toi.

MYRTIL.

Je ne veux que mourir ; prenez votre victime.

AMARYLLIS à *Montan.*

Ah ! ne permettez pas qu'on s'immole pour moi.

MYRTIL à *Montan.*

Tremblez de faire un nouveau crime,
Diane vengeroit le mépris de sa loi.

AMARYLLIS à *Myrtil.*

Pourquoi m'oter l'honneur suprême;
De me sacrifier pour le salut de tous ?

MYRTIL *à Amaryllis.*

Eh ! pourquoi m'envier vous-même
La douceur de mourir pour vous ?

AMARYLLIS.

Que vous êtes cruel !

MYRTIL.

Que vous êtes barbare !

MONTAN.

La pitié , malgré moi , de mon ame s'empare.
O tendresse ! O constance ! O nobles sentimens !
Dieux , dont la main , sur nous , est trop appé-
　　santie ,
Que ne réserviez-vous ces fidelles Amants ,
　　Pour le salut de l'Arcadie !

AMARYLLIS *à Montan.*

Ah ! redoutez ces Dieux ; ils empruntent ma
　　voix ;
De l'hospitalité respectez les saints droits.
Le pere de Myrtil arrive en ce jour même ,
Que lui répondrez-vous ? J'entends ses tristes
　　cris ,
A vos sanglantes mains , redemander un fils ;
　　Qu'il vous confie un fils qu'il aime :
Vous tremblez , un moment laissez-moi lui par-
　　ler ;
　　Peut-être obtiendrai-je qu'il vive.

MONTAN.

J'y consens ; mais la loi , s'il veut que je la suive,
　　Me deffend de vous immoler.

　　　　　　　Il sort & tout le monde avec lui ;
　　　　　　　hors Myrtil & Amaryllis.

SCENE VI.

MYRTIL, AMARYLLIS.

AMARYLLIS.

MYrtil, il n'est plus temps de feindre ;
En vain pour vous ôter ce malheureux
amour,
  Qui vous fait renoncer au jour,
Jusques à me haïr, j'ai voulu vous contraindre ;
Tous les soins que j'ai pris ne vous ont pas sauvé,
  Et tout ce que j'avois à craindre,
Pour mon malheur, enfin, n'est que trop arrivé.
Eh ! que me serviroit, dans ma frayeur mortelle,
De vous laisser encor votre premiere erreur !
Vous n'en mourriez pas moins, pour me croire in-
  fidelle ;
  D'ailleurs, cette feinte cruelle,
  N'a couté que trop à mon cœur.
  Il est temps que je vous révele
  Que, malgré vos soupçons jaloux ;
  Amaryllis ressent pour vous,
  Tout ce que vous sentez pour elle.

MYRTIL.

Quoi ! vous m'aimez ! mais, non, mon sort seroit
  trop beau.
  Ma disgrace n'est point douteuse ;
Mais voyant de mes jours s'éteindre le flambeau ;
Par un trait de pitié, votre ame genereuse,
Cherche à me consoler par la douceur flatteuse,
D'emporter avec moi votre cœur au tombeau.

AMARYLLIS.

Quoi ! vous doutez que je vous aime !

Corisque vous doit faire un fidelle rapport.

MYRTIL.

Corisque ? Et c'est par elle-même
Que j'ai livré mon cœur au plus affreux transport.

AMARYLLIS.

Qu'entends-je ? O noire perfidie !
J'aimois, j'étois aimée, elle envioit mon sort ;
Dieux justes ! Dieux vengeurs ! Mais elle est trop
  punie.

à Myrtil.

Je vous vois, je me justifie,
Et je dois à ce prix lui pardonner ma mort.

MYRTIL.

Votre mort ! Ah ! cessez, cruelle,
De vouloir à l'Autel. . . .

AMARYLLIS.

Myrtil, écoutez-moi.

J'ai voulu commencer par vous prouver ma foi ;
Mais enfin la gloire immortelle,
Où Diane aujourd'hui m'appelle,
Doit seule occuper tous mes soins.
C'est à moi de verser mon sang pour ma patrie.
Quoi ! faut-il que, par vous, ma gloire soit
  flétrie ?
Ah ! quand vous péririez, je n'en mourrois pas
  moins.
Allez, d'Amarillis, conservez la memoire.

MYRTIL.

Je ne reçois point vos adieux ;
Et, quoi qu'étranger en ces lieux,
C'est à moi d'y mourir, il y va de ma gloire.
Que dis-je de ma gloire ? Ah ! sous un fer ven-
  geur,
Quand vous allez tomber vous-même,
Il y va de tout mon bonheur ;
De m'immoler pour ce que j'aime.

Eh ! puis-je mourir plus heureux !
J'apprends qu'Amaryllis est sensible à mes feux ;
   Je goûte un sort digne d'envie ,
Que les Dieux tôt ou tard , pourroient me dénier !
Au comble du bonheur , il faut quitter la vie ,
Et le plus doux moment doit être le dernier.

AMARYLLIS.

   Ainsi , quelque soin que je prenne ,
   Soit pour vous prouver mon amour ,
   Soit pour m'attirer vôtre haine ,
Je vous vois toûjours prêt de renoncer au jour !
Ah ! de grace , cédez à ma juste priere ;
C'est trop loin , de mon sort étendre la rigueur ;
Que de me condamner à mourir toute entiere ,
Quand je puis vivre encor au fond de vôtre cœur.

MYRTIL.

Laissez-moi vivre dans le vôtre.

AMARYLLIS.

On viendroit m'arracher ce cœur avec ma foi ?
   Il faudroit vivre pour un autre ,
Et vous pouvez , Myrtil , ne vivre que pour
   moi.
Quitte donc , cher Myrtil , un dessein si funeste ,
   Par tous les Dieux que j'en atteste ,
Et pour dire encore plus , au nom de notre amour ,
Songe , lorsque je perds la lumiere du jour ,
Que ton cœur , de mes biens , est le seul qui me
   reste.
   Oüi , tous mes vœux seroient remplis ,
Et ce seroit pour moi le sort d'une immortelle ,
Que vivre , après ma mort dans un cœur si fi-
   delle ;
Voilà le seul tombeau digne d'Amaryllis.

MYRTIL.

Non , je dois détourner le coup qu'on vous pré-
   pare,
Et vous sauver par mon trepas.

SCENE VII.

MONTAN & toute sa suite, MYRTIL, AMARYLLIS.

MYRTIL.

Prenez votre victime.

AMARYLLIS.

Ha ! ne le croyez pas,
Faut-il que de l'Autel un étranger s'empare ?
   C'est mon sang qu'on y doit verser.

MONTAN.

   Pour Myrtil, la Loi se déclare,
   C'est son cœur que je dois percer.
Peuples, voici le jour que Diane destine,
   A voir la fin de vos malheurs ;
Vous ne répandez plus ; ni de sang, ni de pleurs.
Une infidelité fut la triste origine,
   Des maux qui, par l'ordre des Dieux,
Pendant vingt-ans entiers ont désolé ces lieux.
Une constante foi pour jamais les termine.
Comme ils ont commencé nos destins sont rem-
   plis,
   Amyntas mourut pour Lucrine,
   Myrtil meurt pour Amaryllis.
  à Myrtil.
Toi, que l'Amour engage, à t'immoler pour
  elle,
   Tu peux, dans tes derniers moments,
   Joüir de ta gloire immortelle ;
   Myrtil, des plus parfaits Amants,
   Tu vas devenir le modelle.

MYRTIL.

Seigneur ; versez un sang qui brûle de couler.

SCENE VIII.

Philemon & les Acteurs de la Scene précedente.

PHILEMON à *Myrtil.*

ENfin je te revoy.

MYRTIL.

Que vois-je ! c'est mon pere !

MONTAN.

Dieux, le ramenez-vous, pour le voir immoler ?

PHILEMON à *Montan.*

Pour le voir immoler ! expliquez ce mystere ?

Parlez, je tremble ! je frémis !

Eh ! pour perdre le jour, quel crime a t-il commis !

Dieux cruels ! quel affreux spectacle

Renverse tout l'espoir, dont vous flattiez mes
vœux ?

Helas ! sur la foi d'un Oracle,

J'ai crû trouver mon fils heureux,

Et je vois qu'on le sacrifie !

Languissant, abbatu, prêt à perdre la vie,

Par l'ordre d'Apollon, je l'envoye en ces lieux,

Et son sang. . . . Mais dis-moi, toi qui l'ose répandre !

Ne t'ai-je confié ce dépôt précieux,

Que pour le voir, barbare, immoler à mes
yeux ?

Est-ce sur un Autel que tu dois me le rendre ?

Non, non, il faut l'en arracher.

MONTAN.

MONTAN.

Arrête, témeraire, arrête,
De l'Autel de Diane eſt-ce à toi d'approcher !
Tremble.

PHILEMON.

Ma mort fut-elle prête,
                Je veux ſauver mon fils.

MONTAN.

Lui-même, il vient chercher,
Le coup qui menace ſa tête.
Tu n'as rien à me reprocher ;
Il s'immole pour ce qu'il aime.

PHILEMON.

Permets donc que, pour lui, je m'immole moi-
    même.

MONTAN.

La loi ne te le permet pas.
Renonce à cette noble envie.
Quand, pour ſauver ſon pere, un fils ſe ſa-
   crifie,
C'eſt pour lui rendre un ſang qu'il a reçû de lui :
Ton fils pourroit, pour toi, s'immoler aujour-
   d'hui,
Et d'un nom immortel, ſa mort ſeroit ſuivie :
Ce ſang, qu'il t'offriroit, ſeroit ton propre bien ;
Il te doit tout, enfin, & tu ne lui dois rien.

PHILEMON.

Donne moi donc la mort, je ne ſuis pas ſon pere ;
Maïs, il m'eſt bien plus cher que s'il étoit mon fils.

MONTAN.

Que dis-tu ?

PHILEMON.

Sur ſon ſort, je ne puis plus me taire,
C'eſt un dépôt ſacré que les Dieux m'ont commis.
Rappellez cet affreux orage,

E

Qui de tant de débris inonda ce rivage,
Myrtil, ſauvé des flots, ſur les bords du Ladon,
    Repoſoit d'un ſommeil tranquile ;
    Un Myrthe lui ſervoit d'azile ,
    Ce Myrthe lui donna ſon nom.

MONTAN.

Qu'entends-je ? tout mon ſang ſe glace dans mes
    veines.
    Grands Dieux , rendez mes craintes vai-
    nes !
Tout s'accorde , & l'orage , & les temps, & les
    lieux. . .
    à Philemon.
    Mais , des Auteurs de ſa naiſſance ,
    N'eus-tu jamais de connoiſſance ?

PHILEMOM.

    Sur ſon ſort je fermai les yeux ,
    Trop de clarté pouvoit lui nuire.

MONTAN.

Et pourquoi , de ſon ſort, refuſer de t'inſtruire ?

PHILEMON.

    J'en fus détourné par les Dieux.
Je cherchai , pour Myrtil, une terre étrangere ;
Apollon conſulté , daigna me découvrir ,
    Qu'il couroit riſque de mourir
    De la main de ſon propre pere. . .

MONTAN.

N'en dis pas davantage. Ah ! Deſtins ennemis,
Du plus noir des forfaits , êtes-vous les compli-
    ces ?
    Dieux ! à de plus affreux indices ,
    Puis-je reconnoître mon fils !

PHILEMON.

    Votre fils !

MYRTIL.

    Quel bonheur extrême !

Le Ciel peut-il me faire un fort plus glorieux ?
Je rends à ma patrie, à mon pere, aux Dieux
    même,
      Un fang que j'ai reçû des Dieux.

M O N T A N.

Ciel, à tant de vertu ne rends-tu pas les armes ?
    Tu vois & le pere & le fils,
A tes fuprêmes loix également foumis.
    Ah ! contente toi de mes larmes :
    Ne me demande plus un fang,
Dont je viens de trouver la fource dans mon
    flanc :
Mais que fert, pour un fils, d'avoir un cœur fi
    tendre ?
Ce fang doit, de Diane appaifer le courroux,
    Et mes peuples périffent tous,
    Si je balance à le répandre...
    Et vous trop cruel Philemon,
N'eft-ce que pour me faire un fi funefte don,
    Que vous avez quittez l'Elide ?
    Et ce fils que j'avois perdu,
    Par vos mains ne m'eft-il rendu,
    Que pour me rendre parricide ?
Inftruit par Apollon, des arrêts du Deftin,
Pourquoi l'envoyez-vous dans fa trifte patrie,
    Où l'auteur même de fa vie,
    L'attendoit, le fer à la main ?

P H I L E M O N.

C'eft fur la foi d'Apollon même,
Qu'il a vû ces bords dangereux ;
Il y devoit trouver le fort le plus heureux.

M O N T A N.

    Quel fort ! O fageffe fuprême,
    Mets-tu ta gloire à nous tromper ?
Et ne nous flattes tu que pour nous mieux frap-
    per ?

Car enfin , à Diane , il faut que j'obéiſſe;
    Achevons notre ſacrifice.

PHILEMON.

Qu'allez-vous faire ? O Ciel ! immoler votre fils !
Faut-il qu'un ſang ſi cher par vos mains ſe ré-
    pande ?

MONTAN.

Tout prêt à le verſer , je ſens que je frémis ;
Mais il n'eſt plus à moi , le Ciel me le demande;
    En prenant le ſacré Couteau.
Quoi ? pour lever ce fer , je manque de pouvoir ?
Dieux , qui voyez ici ma vertu chancellante ,
    Raſſurez cette main tremblante,
    Qui ſe refuſe à ſon devoir.

SCENE IX.

ERGASTE, *& les Acteurs de la Scene précedente.*

ERGASTE.

A H ! Seigneur , pardonnez la douleur qui
    m'accable ,
    Coriſque eſt prête d'expirer.

AMARYLLIS.

Dieux *!* qu'entends-je ?

ERGASTE.

    O ſort déplorable !
D'un coup mortel frappée...

MONTAN.

    Et quel eſt le coupable !

ERGASTE.

Le Ciel , pour mon malheur me le laiſſe ignorer;
    Je l'immolerois à ma rage.

Helas! fous un épais feüillage,
Elle a pris foin de fe cacher,
Un trait de nos Chaffeurs eft venu l'y chercher.

MONTAN.

De Diane plutôt reconnoiffez l'ouvrage;
Dieux tout-puiffants, j'adore vos décrets;
Ah! fur les têtes criminelles,
Que vous lancez de juftes traits!
Admirons leurs loix immortelles.

MYRTIL *à Montan.*

Hâtez-vous, par mon fang d'achetter leurs bienfaits.

MONTAN.

Deftin, j'adore icy ta fageffe profonde!
Mais ce fils que j'immole à tes feuls intérêts,
Sembloit être fauvé de l'onde,
Pour juftifier tes arrêts.
C'étoit ce fang des Dieux, ce Berger fi fidelle,
Qui devoit de Lucrine expier le forfait;
Il aime Amarillis, cependant, c'en eft fait,
Au lieu de l'époufer, il va mourir pour elle;
Il faut d'un fils fi cher, moi-même, me priver,
Car enfin comment le fauver?
Diane me demande une victime encore.
Où puis je deformais la trouver?

SCENE DERNIERE.

MONTAN, TYTIRE, MYRTIL, AMARYLLIS,
PHILEMON, ERGASTE, CORISQUE.

*Troupe d'Arcadiens, & la suite de Montan
& d'Amaryllis.*

CORISQUE *à Montan.*

L A voici.

MONTAN *à Corisque.*

Dieux ! que viens-tu chercher icy ?

CORISQUE.

J'y cherche une mort que j'implore ;
Mais ne perdons point de momens.,
Je touche au dernier de ma vie ;
Il faut justifier ces fidelles Amans,
Qui doivent sauver ma Patrie.
Seigneur, Amaryllis n'a point trahi sa foy,
Une vaine erreur vous abuse,
Et le crime dont on l'accuse.
Ne doit être imputé qu'à moy.

MONTAN.

Je sçai trop que tu l'as séduite.

CORISQUE.

Non, dans l'Antre sacré, par moi seule introduite,
Elle ne peut se reprocher,
Que d'avoir trop crû l'imposture ;
Je l'ay, par mes détours, contrainte à s'y cacher,
Pour y voir Sylvio, l'attendre, ou le chercher,
Et le convaincre de parjure.

MONTAN.

Grands Dieux, vous prenez soin de vous justifier.

L'ombre diſparoit, le ciel s'ouvre ;
Le vrai ſens de l'oracle à mes yeux ſe découvre ;
Je voi quelle victime il faut ſacrifier,
　　　Et quel crime il faut expier ?
　　　CORISQUE *à Myrtil.*
Myrtil, je vous aimois, l'amour a fait mon crime
Vous, qui m'avez déja porté le coup mortel,
Diane, recevez la derniere victime,
　　　Qui doit s'offrir à votre Autel.
　　　AMARYLLIS.
O douleur !
　　　CORISQUE *auprès de l'Autel.*
　　Par ma mort tout un peuple reſpire ;
　　Je ſuis trop heureuſe. J'expire.
　　MONTAN *à Myrtil & à Amaryllis.*
Suivez-moi dans le Temple ; allons former les
　　nœuds
　　　Que Diane a ſçû nous preſcrire.
　　　TYTIRE.
　　O jour qui vous rend tous heureux !

FIN.

APPROBATION.

J'Ay lû par ordre de Monseigneur le Garde des Sceaux, *Le Pastor Fido*, *Pastorale Heroïque*, précedée d'un Prologue & d'une Preface, & j'ai crû que la lecture de la Prose & des Vers seroit plaisir au Public. Fait à Paris ce 25. Septembre 1726.

HOUDAR DE LA MOTTE.

PRIVILEGE DU ROY.

LOUIS, par la grace de Dieu, Roy de France & de Navarre : A nos amez & feaux Conseillers, les Gens tenans nos Cours de Parlement, Maîtres des Requestes ordinaires de notre Hôtel, Grand-Conseil, Prevôt de Paris, Baillifs, Senechaux, leurs Lieutenans Civils & autres nos Justiciers & Officiers qu'il appartiendra ; SALUT. Notre cher & bien amé le Sieur JACQUES PELLEGRIN, Nous ayant fait remontrer qu'il se seroit appliqué depuis plusieurs années à composer diverses pieces de Théatre qu'il a déja données au public, (& qui ont eu tout le succès qu'on pouvoit en attendre) & qu'il donnera par la suite, que désirant en faire imprimer une nouvelle, intitulée : *Le Pastor Fido*, *Pastorale Héroïque*, *& autres Ouvrages de Théatre* dudit sieur *Pellegrin*, il auroit besoin pour

cet effet de nos Lettres de Privilege qu'il Nous a
très-humblement fait supplier de lui acorder; offrant
pour cet effet de les faire imprimer en bon papier
& en beaux caracteres, suivant la feuille imprimée
& attachée pour modele, sous le contre-scel des
Patentes : A ces causes, voulant traiter favorable-
ment ledit sieur Exposant : Nous lui avons permis
& permettons par ces Presentes de faire imprimer
lesdites Pieces de Théatre cy-dessus spécifiées, &
celles qu'il composera par la suite, en un ou plusieurs Volumes, conjointement ou séparement &
autant de fois que bon lui semblera, sur papier &
caracteres conformes à ladite feuille imprimée &
attachée pour modele sous notredit contrescel, &
de les vendre, faire vendre & débiter par tout notre
Royaume pendant le temps de huit années consé-
cutives ; à compter du jour de la datte desdites
Presentes ; à condition que chaque piece sera ap-
prouvée par le Censeur qui sera commis : Faisons
deffenses à toutes sortes de personnes de quelque
qualité & condition qu'elles soient d'en introduire
d'impression étrangere dans aucun lieu de notre
obéïssance ; comme aussi à tous Libraires, Imprimeurs & autres, d'imprimer, faire imprimer, vendre, faire vendre, débiter ni contrefaire lesdites
pieces de Théatre cy-dessus exposées ; & celles qu'il
composera par la suite, en tout, ni en partie, ni
d'en faire aucuns extraits, sous quelque prétexte
que ce soit d'augmentation, correction, change-
ment de titre ou autrement, sans la permission ex-
presse & par écrit dudit Exposant, ou de ceux qui
auront droit de lui ; à peine de confiscation des
exemplaires contrefaits ; de trois mille livres d'a-
mende contre chacun des contrevenans, dont un
tiers à Nous, un tiers à l'Hôtel-Dieu de Paris,

l'autre tiers audit fieur Expofant, & de tous dépens, dommages & interêts; à la charge que ces
Prefentes feront enregiftrées tout au long fur le
Regiftre de la Communauté des Libraires & Imprimeurs de Paris, & ce dans trois mois de la
date d'icelles; que l'impreffion defdites Pieces fera
faite dans notre Royaume & non ailleurs; & que
l'impetrant fe conformera en tout aux Reglemens
de la Librairie, & notamment à celui du 10 Avril
1725. Et qu'avant que de les expofer en vente,
les manufcrits ou imprimez qui auront fervi de
copie à l'impreffion defdites pieces, feront remifes
dans le même état où les Approbations y auront
été données, és mains de notre tres-cher & féal
Chevalier, Garde des Sceaux de France, le fieur
FLEURIAU D'ARMENONVILLE, Commandeur
de nos Ordres; & qu'il en fera enfuite remis deux
Exemplaires de chacun dans notre Bibliotheque
publique, un dans celle de notre Chateau du
Louvre & un dans celle de notredit tres-cher &
féal Chevalier, Garde des Sceaux de France, le
fieur FLEURIAU D'ARMENONVILLE, Commandeur
de nos Ordres; le tout à peine de nullité des Prefentes. Du contenu defquelles, Vous mandons &
enjoignons de faire joüir ledit fieur Expofant ou fes
ayans caufe, pleinement & paifiblement, fans fouf-
frir qu'il leur foit fait aucun trouble ou empêche-
ment. Voulons que la copie defdites Prefentes,
qui fera imprimée tout au long, au commencement ou à la fin defdites Pieces, foit tenuës pour
dûement fignifiée, & qu'aux copies collationnées
par l'un de nos amez & feaux Confeillers & Se-
cretaires, foy foit ajoûtée comme à l'Original.
Commandons au premier notre Huiffier ou Ser-
gent de faire pour l'execution d'icelles tous Actes,

tequis & neceſſaires , ſans demander ãutres.per mⁱ
miſſion , & nonobſtant Clameur de Haro , Charte
Normande & Lettres à ce contraires : Car tel eſt
notre plaiſir. Donné à Paris le dixieme jour du
mois d'Octobre l'an de grace 1726. & de notre
Regne le douziéme. Par le Roy en ſon Conſeil.

CARPOT.

Regiſtré ſur le Regiſtre VI. de la Chambre Royale
& Syndicale de la Librairie & Imprimerie de Paris,
nº. 505. fol. 400. conformément au Reglement de
1723. qui fait deſſenſes , art. IV. à toutes perſonnes
de quelque qualité qu'elles ſoient , autres que les
Libraires & Imprimeurs , de vendre , debiter &
afficher aucuns Livres pour les vendre en leurs noms
ſoit qu'ils s'en diſent les Auteurs ou autrement ; à la
charge de fournir les Exemplaires preſcrits par l'art
CVIII. du même Reglement. A Paris le onze Octobre
1726.

D. MARIETTE, Syndic.